러브 피프틴

러브 피프틴

전앤 장편소설

봄*

두 개의 나

경기장을 찾는 관중은 단순히 테니스 게임을 보러 오지 않는다. 그들은 경기가 잘 풀리지 않아 좋은 샷이 나오지 않으면 선수에게 야유를 보낸다. 선수가 라켓을 바닥에 집어 던지고 분노하는 모습을 팔짱을 끼고서 조용히 구경하기도 한다. 그러다 경기 흐름이 바뀌면 흥미로운 미소를 머금고 박수갈채를 보낼 자세를 잡는다. 게임이 끝나는 순간까지 관중은 선수와 함께 좌절하고 기뻐한다. 그들은 가슴 뛰는 한 편의 드라마를 보기 위해 경기장에 온다.

오후는 관중이 원하는 경기가 무엇인지 잘 알고 있다. 하지만 관중을 의식하는 순간 선수는 꿈꾸던 승리에서 멀어질 가능성이 크다. 오직 게임에만 집중할 수 있을 때 그동안 자신이 연습했던 자연스러운 샷이 나오고 만족스럽게 경기를 끌고 갈수 있다. 서브를 넣으려는 순간 라켓을 쥔 손에 잔뜩 힘이 들어갔다. 코트에 툭툭 공을 튕겼다. 공이 손에 잡힐 때마다 압박감이 느껴졌다. 차라리 의도적으로 실수해서 경기를 포기할까? 욕망에는 실패하고자 하는 욕망도 있으니까.

두 번째 서브도 실책으로 이어지며 결국 포인트를 잃었다. 관중석에서 야유가 들려왔다. 경기 중에 노골적으로 관중이 소리 지르는 것은 금지였다. 하지만 국내에서 처음으로 열린 청소년 남녀 혼합 복식 경기라서 저러는 걸까? 예상외로 관중의 반응은 뜨거웠지만 아무 때나 고함을 질러 댔다. 게다가 결승전이라 그들은 더 쉽게 흥분했다.

1세트는 6 대 1로 가볍게 이겼지만, 2세트 스코어는 현재 2 대 4로 빼앗긴 상태다. 오후는 상대편 공이 땅에 떨어지기 전에 받아 치는 발리가 네트에 계속 걸리면서 게임이 뜻대로 풀리지 않았다. 가까스로 넘긴 공은 라인에서 한참을 벗어나 아웃되었다. 등 뒤에는 시진이 버티고 서 있었다. 시진은 긴장 상태로 있는 오후 앞으로 달려들어 간신히 공을 쳐 냈다. 이번에도 시진이 실점을 막아 내자 관중석에서는 환호가 터졌다.

시진은 무표정한 얼굴로 오직 공을 향해서만 움직였다. 빠른 발과 날렵한 몸놀림으로 다음 공격을 상대가 예측할 수 없게 했다. 현재 청소년 남자부 랭킹 1위. 사람들은 시진을 두고 '불을 달고 달리는 아이'라고 말했다. 오후는 지난 전국 체전에서 우승한 시진의 기사를 떠올렸다. "재능을 타고난 사람은 상대를 두려워하지 않는다."라는 글귀가 기억났다.

상대편 서브 기회에서 시진은 발 빠르게 앞쪽으로 뛰어나가서 포인트를 따냈다. 사정권을 벗어난 공도 포기하지 않고 쫓아갔다. 안정적으로 날아오는 공도 일부러 대각선으로 길게 쳐서 상대가 닿지 못하도록 멀리 보냈다. 시진은 최선을 다했지만 혼자서 복식 경기를 끌고 가기란 무리였다. 기세를 파악한 상대 선수들이 오후 쪽으로만 공을 넘기며 쉽게 포인트를 얻었다. 결국 2세트는 3 대 6으로 상대에게 점수를 내주고 말았다.

쉬는 시간에 오후는 수건으로 이마에 맺힌 땀을 닦으며 관중석을 힐끗 쳐다보았다. 오 여사는 맨 앞자리를 지키고 앉아 있었다. '웃어.' 입 모양만으로 오후를 윽박질렀다. 좌절하는 순간이 오면 왜 자꾸 엄마를 쳐다보게 되는 걸까? 경기를 그만 끝내고 싶어. 오후는 오 여사를 간절한 눈빛으로 바라보았다.

오늘 의상은 몸에 꽉 끼는 흰색 터틀넥 니트에 빨간색 치마다. 얼굴에서 땀이 흘러내려 와 목이 따가워 견딜 수 없었다. 오후는 옷의 목선이 느슨해지도록 손으로 잡아당겼다. 자기도 모르게 눈길은 또 오 여사를 향했다. '하지 마.' 오 여사가 눈을 부릅떴다. 그 옷이 얼마짜리인 줄 아느냐고 다그치는 표정이다.

'이따위 협찬 말고 편한 운동복을 줘.'

나1은 당장 소리치고 싶지만 나2는 경기장에서 참을 줄 안다.

오후는 시선을 멀리해 관중석을 바라보았다. '웃어.' 오후는 늘 자신에게 말했다. 최대한 입을 옆으로 벌리고 눈은 살짝 감은 듯 웃으라고. 나2는 나1에게 명령했고, 결국 나1은 웃음 지었다. 오후는 언제부턴가 '나'들로 살아갔다. 나1은 '숨어 있는 나'이고, 나2는 '보여지는 나'였다.

'숨어 있는 나'는 누구에게도 친절하지 않으며 아무도 믿지 않는다. 팬이라고 말하는 아이들이 뒤로 돌아서는 순간 방금까지 다정했던 얼굴은 금세 굳어 버린다. 코치의 충고를 듣기 귀찮아하고 테니스 잘 치는 애들을 질투한다. 오늘처럼 샷이 나오지 않으면 쉽게 실망하고 분노하며 자기 자신을 향해 온갖 비난과 욕설을 속으로 퍼붓는다. 그러나 '보여지는 나'는 다르다. 나2는 학습된 진지한 표정을 지어 보이며 취약한 백핸드를 계속 시도해 보겠다고 예의 있게 말할 줄 안다. "네 팬이야." 하고 다가오는 아이들을 향해 세상에서 가장 친절한 미소로 응한다. 동료들의 실력이 향상되면 응원을 아끼지 않는다.

나1이 경기가 끝나기 전부터 기자와의 인터뷰를 걱정한다면, 나2는 웃을 준비와 적당한 대답을 찾아낸다. "경기가 아쉽지 않았나요?" 하고 묻는 기자에게 나2는 "매 경기 최선을 다할 뿐, 승패에는 관심 없어요."라고 말할 것이다. 재능과 실력을 의심받으니 차라리 노력하지 않는 게으른 선수로 보이는 게 낫다. 오 여사가 미리 섭외한 기자는 사무실로 돌아가 '승부에 연연하지 않는 유망주'라고 기사를 작성할 것이다.

그러나 세상은 그리 간단하지 않다. 속일 수 없는 눈도 있는 법. 구독자 48만 5,000명, 평균 조회 수 50만. 그들은 '즐거운 오후'가 더는 즐겁지 않다며 아래로 향하는 손가락과 악플을 득달같이 달아 놓는다.

오후는 두 살 때부터 셀럽이었다. 다섯 살에 처음 테니스를 배웠다. 익명의 사람들은 어린 오후가 실수하며 배우는 모습을 좋아했다. 실력이 늘면 크게 기뻐했다. 그들은 오후가 성장하는 모습을 계속 지켜보았다. 열세 살 때, 세계 주니어 선수권 대회에서 우승하며 폭발적인 지지를 받았다. 구독자들은 마치 자신의 성공인 양 환호하며 응원해 주었다.

그들이 바라는 것은 오직 하나. 자신의 스타가 꾸준히, 계속, 앞으로, 나아가기.

오후도 안다. 그래서 테니스에 모든 노력을 쏟았다. 하지만 언제부턴가 가장 되지 않는 게 테니스다. 사람들은 오후가 슬럼프에 빠졌다고 했다. 누군가는 그저 운이 좋았던 거라며 험악한 악플을 달았다. 루저. 실패자. 형편없는 실력. 이제 넌 아무리 해도 안 돼. 꾸준히 떨어지는 순위와 테니스 실력을 지적받으면 가슴이 미어진다. 하지만 경기복 밖으로 드러난 팔뚝과 다리에 살이 쪘다고 비난받을 때는 분노가 치민다. 끊임없는 평가. 그리고 협찬을 판매로 연결시키려는 업체의 진짜 목적과 거기서 얻게 되는 오 여사의 수입까지 모두 오후의 숨통을 조이는 듯했다.

　마지막 게임이 시작되었다. 승자와 패자의 갈림길. 초반에 기세를 잡아야 게임이 매끄럽게 진행된다. 시진은 서브를 넣기 위해 자세를 잡았다. 힘껏 던진 공이 포물선을 그리며 떠올랐다. 상대 선수가 빠르게 달려들었다가 멈칫했다. 도저히 공을 받아 낼 수 없다고 판단해서다. 서브로 보기 좋게 점수를 따낸 시진은 다시 정해진 위치로 이동했다. 호흡을 가다듬으며 긴장을 푸는가 싶더니 라켓을 재빨리 몸 앞으로 가져갔다. 완벽한 발리. 또다시 점수를 따냈다.
　오후가 서브를 넣을 차례였다. 킥 서브로 처리하자. 상대가 예상하지 못한 쪽으로 공을 보내자. 오른팔을 힘껏 들어 올렸다. 그때 관중석에서 수군대는 말소리가 들리는 것 같았다.

'그동안 넌 너무 많은 게임에서 졌어.' 왼손으로 공을 높이 띄우고 라켓을 휘둘렀다. 공이 라켓 면에 닿는 순간 아찔한 감각이 뒷골을 당겼다. 불길한 예감이 공에 실려 날아갔다.

압박감에서 경기를 치르면 나1은 나2를 신뢰하지 않았다. 상대가 아니라 이번에도 해내지 못할 거라는 두려움이 문제였다. 엄습한 두려움이 몸을 경직시켰다. 한번 얼어붙으면 오후는 경쟁에서 도망갈 궁리만 했다. 두 번째 서브도 실패로 끝났다. 되는 게 없다. 더 깊이 쳤어야 한다는 생각은 이미 늦었다. 오후는 또다시 손으로 잡아당겨 옷의 목선을 늘어뜨렸다. 기분 나쁜 끈적함이 달라붙었다. 분노를 참기 힘든 나1이 당장 튀어나와 옷을 찢어 버릴 기세다. 나2가 가까스로 나1을 붙잡고 있다.

게임이 종료되었다. 네트 너머에서 상대 선수들의 환호성이 들려왔다. 시진은 라켓을 가방에 정리했다.

"저기."

오후가 미안한 목소리로 시진을 불렀다. 서현고에 입학하고 처음 치른 경기였다. 파트너 역할을 제대로 하지 못한 것 같아서 미안했다. 어떤 말이라도 해야 할 것 같았다.

"내가 실수만 반복하지 않았어도······."

오후는 더 가까이 다가갔다.

시진이 몸을 일으켜 세우며 오후를 빤히 쳐다보았다. 1초, 2초 어쩌면 10초 정도 지났을 때 시진은 흠, 숨을 들이마셨다. 그러고는 가방을 어깨에 둘러메고 말없이 자리를 떠났다.

"야!"

오후가 불러 세웠다. 시진이 다시 돌아와 오후의 눈을 똑바로 보았다. 노려보는 게 아니라 상대를 정확하게 꿰뚫어 보는 그런 눈빛으로.

"넌 기본을 아예 모르는구나. 공을 끝까지 봐야지."

말을 하고는 그대로 경기장을 나가 버렸다.

오후는 두 다리에 힘을 주었다. 월요일이면 다시 학교에서 만나야 하는데. 벌써 자신의 실력을 들켜 버렸다. 앞으로 나1과 나2 중 어떤 모습을 저 아이에게 보여 주어야 할까. 멍하니 서 있는데 누군가 오후의 등을 툭 쳤다.

"가자."

오 여사가 앞장서자 오후는 말없이 뒤따랐다. 주변에 사람들이 보이지 않자 오 여사가 몸을 휙 돌렸다.

"옷 좀 그만 늘어뜨려라. 그런 옷은 아무나 입는 줄 알아? 내가 늘 말하지만 네 외모의 지분은 나한테도 있다는 거 잊지 마."

오 여사는 기분 나쁜 감정을 감추는 법이 없다.

"옷이 불편해서 경기에 집중이 안 돼."

오후는 바짝 따라붙으며 변명했다. 오 여사가 눈을 크게 뜨고서 노려보았다.

"너 계속 아마추어처럼 굴래? 내가 항상 완벽한 모습으로 코디해 주잖아. 그럼 너도 최소한의 노력은 해야지. 테니스를 못 치면 활짝 웃기라도 해."

"웃으라고?"

"네가 웃는 재주밖에 더 있어? 넌 그나마 웃어야 봐 줄 만 해. 오늘 보니까 공 방향도 예상 못 하고 라켓을 마구 휘두르더라."

"져서 미칠 것 같은 사람에게 그게 할 소리야!"

"사람들이 언제까지 너를 좋아해 줄 것 같아?"

"무슨 소리야?"

"착각하지 말라고. 노력하지 않으면 너란 아이는 금방 묻히게 돼. 설마 네가 테니스를 잘 쳐서 인기가 많다고 생각하는 건 아니지?"

"그럼 이 짓을 내가 언제까지 해야 하는데!"

오후의 입가가 떨렸다. 눈은 분노로 붉거졌다. 오 여사도 지지 않으려는 듯 오후를 향해 얼굴을 바짝 들이댔다.

"너 그 옷이 얼마짜리인 줄은 아니?"

말을 끝낸 오 여사는 오후를 지나쳐 주차장 쪽으로 빠르게 걷기 시작했다. 오후가 멈춰 서서 큰 소리로 물었다.

"나는 당신에게 얼마인데?"

오후는 지긋지긋했다. 협찬에 중독된 오 여사는 누군가의 후원을 당연하게 생각했다. 그런 엄마가 참을 수 없이 부끄러웠다.

"얼마? 너는 나 아니면 아무것도 아니었어."

"내 허락도 없이 나를 팔았잖아, 온 세상에."

"그럼 돈으로 애를 키우지 뭐로 키우니. 사랑? 그것도 돈 없으면 못 해. 요즘이 어떤 시대인데 너를 팔았다고 해. 고맙게 생각해야지."

"원한 적 없어."

"그런 애가 카메라만 들이대면 아기 때부터 그렇게 싱글벙글 웃어 댔니? 난 너도 좋아하는 줄 알았지. 아니면 넌 타고난 거다. 난 그걸 알아본 거고."

"나는 테니스를 제대로 하고 싶다고, 제발."

"너 작년부터 슬럼프 와서 헤매고 있다고 했지. 사실은 이 것밖에 안 되는 거 아니야?"

"나도 노력하고 있다고."

"그런 애가 경기를 그따위로 하니?"

"안되는 걸 어떡해."

오 여사와 싸울 때면 나1과 나2는 분리되지 않았다. 하나가 되어 이성을 잃고서 완전히 무너져 내렸다. 결국에는 주눅들거나 막가게 되었다. 지금은 공격적인 태세를 갖추고 가장 독한 말을 고르고 싶어졌다. 더 화나게 할 말을 찾고 있는데, 오 여사가 먼저 치고 들어왔다.

"옆에서 다 듣는다. 표정 관리 좀 해라."

오후는 주변을 살폈다. 주차장 입구에 버스 정류장 푯말이 보였다. 그 아래 시진이 라켓 든 가방을 메고 서 있었다. 시선은 먼 곳을 향해 있지만 분명 귀는 이쪽을 향해 열려 있을 터였다. 오후와 시진의 시선이 짧게 마주쳤다. 시진이 먼저 고개를 돌렸다. 오후는 아랫입술을 꽉 깨물었다.

오 여사가 차에 시동을 걸었다. 운전대를 잡은 눈빛에 잔뜩 힘이 들어갔다. 오후는 좌석 등받이를 뒤로 젖히고 차창 가까이 몸을 기댔다. 제발 이대로 아무 말 없이 집으로 돌아갈 수 있기를 바랐다. 창밖으로 구름이 천천히 흘러갔다.

주차장을 빠져나올 때까지 시진은 버스 정류장에 아무도 없이 혼자 서 있었다. 백미러 속 시진의 얼굴은 학교에서 보던 예의 그 무표정이었다. '넌 기본을 아예 모르는구나.' 시진은 시야에서 사라졌지만, 그 말은 오후의 귓가에 따라붙었다. 기본? 핸드폰을 열어 검색하니 '사물이나 현상, 이론, 시설 따위를 이루는 바탕'이라고 나왔다. 무언가의 바탕이라고? 오후는 고개를 돌려 운전하고 있는 오 여사를 바라보았다. 오 여사가 나의 바탕일까? 옅은 한숨이 나왔다.

눈을 감고 다른 바탕을 떠올려 보았다. 오후는 자신을 만든 절반의 유전자를 몰랐다.

다행이다. 마음껏 상상할 수 있으니까.

오늘의 아빠는 회색 슈트가 잘 어울리는 날카로운 인상의 남자였으면 좋겠다. 반듯한 차림으로 오 여사 옆에 서서 조용히 박수를 보내는 절반의 기본. 그는 게임에서 지고 온 딸에게 날씨가 좋다며 엉뚱한 농담으로 기분을 풀어 주려고 애쓸 줄도 안다. 오후는 눈을 질끈 감았다. 조금 더 상상력을 채워 보고 싶지만 무리였다. 어릴 적에는 요리를 잘하는 아빠, 운동을 잘하는 아빠, 심부름을 자주 시키는 아빠 등 매일 다른 아빠를 꿈꿨다. 현실이 되기를 간절히 기다렸던 날도 있었다. 이제는 다 소용없는 짓이라는 걸 잘 안다.

"잠이 오니?"

오 여사의 음성에 신경질이 묻어났다. 오후는 고개를 돌려 오 여사의 얼굴을 가만히 바라보았다. 더는 싸울 기운이 없었다.

"옆에서 보니까 우리 오 여사님 미간 주름이 더 늘었다."

나2의 목소리로 말했다. 오 여사가 반사적으로 백미러를 보았다. 자신의 얼굴을 꼼꼼히 살피더니 어머어머, 하고 탄식했다. 입안에 물고 있던 사탕이라도 빼앗긴 아이처럼 속상한 얼굴로. 이럴 때 오 여사는 어른이기보다 나이 든 여자아이에 가까워 보였다. 마흔둘의 늙은 여자아이.

오 여사는 자신이 태어난 지역의 특산품 미인 대회 출신이다. 마늘인가, 양파인가, 고추 아가씨인가 그랬다. 한때 고장을 대표해 한복을 차려입고 가슴에 띠를 두르고 홍보 대사 활동을 하러 곳곳을 다녔다고 한다. 그때 외할머니에게 오 여사는 큰 자랑거리였다. 그러나 특산품값의 하락으로 홍보할 이유가 없어지자 미인 대회는 사라져 버렸다. 이제는 할머니 집 거실 한가운데 걸린 벽걸이 사진으로만 남아 있었다. 사진 속 젊은 여자는 짙은 화장을 하고 잔뜩 부풀린 머리칼에 왕관을 쓰고 있다. 가슴을 펴고서 어딘가 먼 곳을 바라보며 서 있는 모습이 자신감 넘쳐 보였다. 그때 엄마는 지금의 삶을 상상이나 했을까.

오 여사는 젊은 시절 옷 가게에서 판매원으로 일했다. 혼자서 자식을 키우며 먹고살 궁리를 하다 보니 잠이 오지 않았다. 잠이 오지 않으니 밤이 길었고, 어느 밤 홈쇼핑에서 구매한 미니 재봉틀로 딸의 옷을 만들었다. 만들고 보니 19세기 프랑스 귀족이 입었을 법한 테니스 원피스였다. 자신이 왜 그런 옷을 만들었는지 알 수 없지만 무척 마음에 들었다. 테니스 치마

밑단에 검은색 띠를 달아 스타일을 완성한 뒤 돌이 갓 지난 딸에게 입혔고, 심심해서 동영상을 찍었고, 자랑삼아 지역 맘카페에 올렸다. 며칠 후 오 여사는 깨닫게 되었다. 자신에게 엄청난 재주가 있다는 것과 돈을 벌 새로운 방법을.

그때부터였다. 오 여사는 딸이 잠을 깬 순간부터 잠이 든 모습까지 시시콜콜한 모든 일상을 찍어 그럴듯하게 편집해서 올리기 시작했다. 다섯 살에 라켓을 처음 사 주었고 여섯 살이 되자 본격적으로 테니스를 배우게 했다. 영상 속 오후는 테니스를 치는 순간 가장 행복해했다. 하루 대부분 시간을 테니스장에서 공을 쫓으며 놀았다. 어린 오후는 눈빛을 반짝이며 테니스 코치들을 아빠처럼 따랐다.

오후는 가끔 어릴 적 영상을 보았다. 모든 게 오 여사의 연출은 아닐까? 화면을 여러 번 재생시켜도 진실은 알 수 없다. 하지만 알고 싶다. 알 수 있다면 자신을 향해 날아오는 공이 더는 두렵지 않을 텐데. 경기는 끝났지만 괴로움은 다시 시작되었다.

불을 달고 달리다

최저 시급 9,860원. 평일 밤 9시부터 1시까지 일해서 버는 돈 3만 9,440원. 5일 동안 일하면 19만 7,200원. 시진은 그 돈으로 주말이면 투어 경기를 나갔다. 코리아 오픈 테니스 대회나 ATP 국제 남자 챌린저 대회는 주로 지방에서 열릴 때가 많아서 출전할 때마다 차비와 밥값이 들었다. 어제도 마찬가지였다. 왕복 고속버스 요금 7만 8,000원. 그 외 차비와 식비로 2만 원. 시합에 나가기 전날 라켓 줄을 손보는 비용까지 합하면 전부 12만 원을 썼다. 어제는 밤에 막차를 타고 올라와서 숙박비는 들지 않아 다행이었다.

그랜드 슬램 100위에 들기 위해서는 52주 내내 거의 쉬지 않고 경기에 출전하고 우승 포인트를 쌓아야 했다. 한 주라도 우승을 놓치면 그만큼 목표에서 밀려났다. 어제처럼 경기에서 지면 돈과 포인트까지 모두 잃었다.

시진은 치킨 상자가 든 비닐봉지를 손에 들고서 계단을 올랐다. 두세 칸씩 한 번에 뛰어올랐다. 503호 앞에서 벨을 누르고 "배달 왔습니다."라고 외치자 또래 아이가 문을 열었다. 치킨 봉지만 낚아채듯 받아 쥐고는 냉큼 문을 닫았다. "감사합니다." 시진은 큰 소리로 인사했다. 계단을 내려올 때는 스텝 훈련을 의식하며 좌우로 뛰어서 내려왔다.

경기가 없는 일요일이다. 배달 아르바이트가 끝나면 저녁에는 코트로 돌아가 연습할 계획이었다. 오토바이 앞에서 잠시 두 발을 고정한 채 팔을 올리고 상체를 자연스레 뒤로 돌렸다. 마치 라켓을 들고 있는 것처럼 헤드가 어디에 있어야 적당한지 감으로 짐작해 보았다. '라켓이 몸 뒤쪽에 있을 때 헤드의 위치는 이 정도면 좋겠구나.' 시진은 헬멧을 쓰며 중얼거렸다.

오토바이에 시동을 걸고 다음 배달 집으로 향했다. 바람을 가르며 달리자 어제 경기가 다시 떠올랐다. 시진은 안정적으로 경기를 풀어 나갔다. 네트 너머의 상대 팀은 전략이 한눈에 읽히는 쉬운 상대였다. 문제는 파트너 오후였다. 난 이 경기에 관심 없어, 하는 의욕 없는 태도에 시진은 속이 탔다. '공을 잡으려면 어서 발을 움직여.' 속으로 몇 번이고 외쳤다. 하지만 매번 공이 빨랐다. 오후는 허공에 대고 라켓을 휘둘렀다.

도대체 강미르는 그런 애가 뭐가 좋다는 걸까?

시진은 오후를 덕질하는 아이들을 이해할 수 없었다. 오후를 찾아오는 극성스러운 팬들로 테니스장 주변은 가끔 시끄러웠다. 언젠가 궁금한 마음에 '즐거운 오후'를 검색해 보았다. 스크롤 하는 동안 수많은 영상과 글이 보였다. 누군가에게 인기를 얻으려고 테니스를 하는 아이라니. 시진은 그런 삶을 비난할 마음은 없지만 사람들에게 잘 보이려고 아양 떠는 꼴이 지루해 금세 영상을 닫았다.

빨간불 앞에 멈춰 섰다. 오른발을 땅에 내디디고 신호가 바뀌기를 기다렸다. 옆으로 검은 승용차가 섰다. 가족이 나들이를 나왔는지 차 안의 어린아이가 신난 표정으로 시진을 향해 손을 흔들었다. 시진은 멋쩍은 듯 왼손을 슬쩍 들어 올렸다 내렸다.

중학교를 졸업하고 서울로 올라온 게 한 달 전이다. 그 전에는 부모님과 함께 살았다. 부모님은 외동인 시진을 아낌없이 귀여워해 주었다. 마을 이장님은 나서서 체육 특기생 장학금 마련을 위해 군청과 도청을 직접 찾아다녔다. 이장님은 마을 사람들을 만나면 시진을 옆에 두고 늘 큰소리를 쳤다. "두고 보랑께. 야가 반드시 우리 마을을 빛낼 것이여." 시진을 보는 마을 사람들의 눈동자가 빛났다. 그렇게 해서 매달 30만 원씩 들어오는 장학금으로 시진은 부족한 경비를 채웠다. 시진은 여전히 도시 생활이 낯설고 어렵지만 고향을 생각하면 잘 해내고 싶었다.

서현고는 사회적 배려 대상자 특별 전형으로 입학했다. 학교에 들어와서야 시진은 자신이 아니라 학교가 자신을 원했다는 걸 깨달았다. 학교의 명성을 유지할 트로피가 필요했고, 부잣집 아들 강미르를 위한 강력한 연습 상대도 있어야 했다. 시진은 차라리 강미르가 잘난 척하는 못된 녀석이기를 바랐다. 그러면 마음껏 미워할 수 있을 테니까. 미르는 재력도 실력도 과시하지 않았다. 무엇보다 경기에서 조급해하지 않아 실수가 적었다. 우승에 집착하기보다 진정으로 경기를 즐기고 있다고 느껴졌다. 그런 여유 있는 태도가 상대를 더욱 주눅 들게 했다.

이건 불공정한 게임이야! 시진은 원망스레 하늘을 올려다보았다. 봄 하늘은 청량했다.

내일 등교하면 곧장 교장실로 불려 가겠지. 교장은 새로 생긴 청소년 복식 대회에 유독 관심이 많았다. 경기를 앞두고 교장은 시진에게 부탁한다는 말로 시작했다.

"딱 하나가 빠져 있죠. 여기에 혼합 복식 우승컵이 없어요."

학교 중앙 건물 입구에 있는 유리장 안에는 테니스 우승컵이 열을 맞춰 진열되어 있었다. 오랜 역사와 전통을 자랑하는 사립 명문고의 위엄을 한눈에 알 수 있었다.

"오후 학생이 스타성이 있잖아요. 그러니 분명 학교가 더 빛날 겁니다."

교장은 시진의 어깨를 두드렸다. 장학금 지원은 학교의 특별한 혜택이라는 말도 잊지 않았다.

낯선 건물 사이로 햇볕이 포근하게 내려앉았다. 오토바이를 출발시키자 바람에 실려 벚꽃잎이 나부꼈다. 속력을 더 올렸다. 바람을 정면으로 맞으며 몸에 대한 감각을 느껴 보았다. 몸에 힘이 너무 들어갔다는 지적을 받지 않기 위해 힘을 빼는 연습을 했다. 바람과 자연스럽게 하나가 되기 위한 상태를 찾고 싶었다. 순간 바람을 가르고 전속력으로 날아오는 테니스 공이 눈앞에 보이는 듯했다. 시진은 가슴을 폈다. 눈으로 공의 궤적을 따라 그리며 네트 위를 지날 때의 높이를 파악하고 속도를 가늠해 보았다. 공을 따라잡기 위해 교차로에서 신호가 빨간불로 바뀌기 직전 차선을 넘었다. 갑자기 멈춰 선 뒤차가 클랙슨을 울려 댔다.

"미친 새끼야! 똑바로 보고 다녀."

중년의 남자가 차창을 열고 거친 욕설을 내뱉었다.

시진은 욕을 먹자 오히려 차분해졌다. 테니스만 생각하는 자신에서 현실로 돌아올 수 있었다. 좌우를 살피며 천천히 우회전했다. 등을 굽히고 계속 달렸다.

강변을 지날 때마다 여유롭게 걷는 사람들 모습이 눈에 들어왔다. 가족이나 연인들이 커다란 나무 아래 돗자리를 깔고 앉아 있었다. 공놀이하는 사람도 보였다. 강가에 닿은 윤슬만큼 고요한 세상이었다.

자연스럽게 몸을 오른쪽으로 회전시키며 다리를 지나고 있을 때였다. 다리 난간에 누군가가 강 아래를 내려다보며 서 있었다. 높은 탑차가 지나가며 잠시 시진의 시야를 가렸다. 다시 차들 사이로 여자가 보였다. 난간에 몸을 걸친 채 허리를 깊숙이 숙이고 있는 모습이 위태로워 보였다. 설마 저기서 죽으려는 걸까? 한강에서 사람들이 많이 자살한다는 뉴스를 들은 적 있다. 사업이 망한 가장, 실연을 당한 연인, 성적을 비관하는 학생 등.

시진은 오토바이에서 내려섰다. 다가가는 동안에도 여자는 강을 향해 난간 밖으로 몸을 절반 이상 내밀고 있었다. 시진은 조바심을 느꼈지만 상대가 놀라지 않도록 최대한 조용히 다가갔다. 허리를 조금만 더 내밀면 다리 아래로 떨어질 기세였다. 불안하게 지켜보면서도 선뜻 말을 걸 수 없었다. 그때 여자의 긴 머리카락이 바람에 제멋대로 나부꼈다. 여자가 허리를 펴고서 머리를 정리했다. 아는 얼굴이었다.

오후는 돌멩이를 강을 향해 던졌다. 어제는 보폭 조절도 제대로 하지 못했어. 나 괜찮을까? 엉뚱한 방향으로 날려 버린 공을 떠올리며 강 아래를 내려다보았다. 물살의 형태가 바뀌고 돌아오는 과정을 지켜보았다. 주기적으로 심리 상담을 받는 곳에서 정신과 치료를 추천했다. 압박과 스트레스가 문제 요인으로 보인다며 약물 치료를 권했지만 오 여사가 운동 신경이 둔해질 수 있다는 이유로 반대했다. 어디쯤이 내 바닥일까? 오후는 난간 아래로 더 깊숙이 몸을 숙였다. 이렇게 강을 내려다보고 있으니 압박과 긴장감에서 벗어날 수 있었다. 곧 머리가 어질어질했다. 현기증이 일어 잠시 휘청이는 순간, 어디선가 습기를 머금은 바람이 불어왔다.

"굳이 오늘 내 앞에서 죽어야겠냐?"

오후는 몸을 일으켜 세웠다. 눈앞에 시진이 서 있었다.

"나 오늘 운이 좋거든. 배달 팁도 받았어."

"그래서?"

"너 때문에 내 하루를 또 망치고 싶지 않다고."

시진이 차갑게 쏘아붙였다.

"어제 경기 져서 나한테 이러는 거야?"

"꼭 죽고 싶다면 오늘 말고 내일 죽어라."

"왜 내일이야?"

"그땐 네 앞에 내가 없을 테니까."

"난 너한테 오라고 한 적 없는데."

"알아. 근데 내 눈에 걸렸잖아."

오후는 어이가 없었다. 갑자기 나타나서 자신을 멋대로 오해하고 있었다.

"나 죽으려고 한 적 없거든."

10초 어쩌면 20초 동안 둘은 눈싸움하듯 서로를 바라보았다.

눈길을 먼저 돌린 쪽은 오후였다. 세워 놓은 오토바이가 보였다. 손잡이에는 치킨 봉지가 걸려 있었다. 배달 아르바이트를 한다는 소문이 진짜였구나. 오후는 무슨 말이라도 해야 할 것 같았다.

"근데 너 괜찮아? 그게 지난번에 코치가 이상한 소리를 하길래."

당황한 오후의 입에서는 엉뚱한 말이 나왔다.

지난주였다. 오후는 벽 모퉁이에 몸을 반쯤 감추고서 장 코치가 시진을 놓아줄 때까지 기다렸다. 시진이 실외 테니스장에서 밤늦게까지 연습해 인근 주택가에서 항의가 들어온 모양이었다. 장 코치의 고함이 이어지는 동안 시진은 내내 고개를 숙이고 있었다. 저렇게까지 화낼 일인가 싶어 오후는 그 자리를 떠나지 못했다.

장 코치는 실력도 없고 인성도 형편없었다. 선배들도 그를 신뢰하지 않았다. 학생들 대부분 외부 코치에게 따로 레슨을 받는 분위기였다. 오후도 마찬가지였다. 하지만 시진은 혼자서 연습했다. 그런데도 실력은 누구와도 비교할 수 없었다. 모두가 그걸 알고 있었다.

"너 남 얘기 엿듣는 거, 그거 안 좋은 버릇이다."

그날 시진은 코치에게 사과하고 나오는 길목에서 오후와 마주쳤다. 오후는 괜히 먼 곳을 보며 딴청을 부렸다.

"너도 어제 내가 오 여사랑 싸울 때 다 들었잖아."

"넌 엄마를 오 여사라고 부르니? 암튼 그건 내가 엿들은 게 아니지. 네가 떠든 거지."

"그래, 네 말이 맞는데 아무한테도 이야기 안 했음 좋겠어."

시진은 대답 대신 발걸음을 돌렸다.

"야!"

오후가 불러 세웠다.

"너는 왜 사람이 말을 하는데 자꾸 가 버리니?"

시진의 표정에는 변화가 없었다. 무엇이든 관심 없다는 듯

한 표정을 두고 아이들은 말했다. 무표정이 재수 없어 보인다고도 하고, 잘생긴 얼굴이 더 멋있어 보인다고도 했다. 결코 웃지 않는 아이. 입학하고 한 달이 지나도록 시진은 누구하고도 말을 오래 나눈 적이 없는 눈치였다.

"근데 너 오늘 연습 안 해?"

오후는 붙잡았으니 무슨 말이든 해야 했다.

"배달 끝나고 할 거야."

대답하는 시진의 표정은 어떠한 기대나 불안도 섞여 있지 않은 고요한 얼굴이었다. 오후는 난간에 몸을 기대고 섰다. 이마에 닿은 앞머리칼을 천천히 쓸어 넘겼다. 그러자 어제 경기장에서 본 시진의 얼굴이 떠올랐다. 경기가 시작되자 챙모자 속 얼굴 표정은 지금과 완전히 달라졌다. 눈빛이 저돌적으로 변해서 공을 향해 집요하게 달려들었다. 모든 에너지를 끌어모으는 듯한 강렬한 의지가 사람을 빛나게 하는 듯했다.

"어제 말이야, 나 진짜 엉망이었지? 컨디션이 너무 안 좋아서. 최근에 손목을 다쳐서 서브도 흔들리고……."

오후는 자꾸만 말이 많아졌다.

"나, 가도 되냐? 배달 밀리면 사장님한테 혼나거든."

"아, 미안."

오후는 그만 입을 다물었다. 시진이 몇 걸음 가다 멈춰 섰다.

"거기 좀 읽어 봐라."

오후는 난간에서 물러나 시진이 가리킨 곳을 보았다. 푯말에는 "우리는 혼자가 아니에요."라고 적혀 있었다.

시진은 머리에 헬멧을 쓰고 오토바이에 시동을 걸었다. 배기 소리가 시끄럽게 울려 퍼졌다. 백미러로 자신을 계속 바라보고 서 있는 오후를 보았다. 오후가 엄마랑 다투는 모습에 좀 놀랐다. 무심코 찾아본 영상 속 모녀는 완벽하고 화려한 비주얼에 서로에게 더없이 다정해 보였다. 하지만 오후의 엄마는 심하다 싶을 정도로 오후를 몰아붙였다. 그런 엄마와 산다는 게 불쌍하게 느껴질 정도였다. 그래서였을까. 조금 전 난간에 서 있는 사람이 오후라는 걸 알고 더 놀랐다. 정말 죽으려는 줄 알고 조심스레 다가갔는데, 괜히 귀찮게 알은척한 기분이었다.

공원을 벗어나자 시진은 머릿속으로 떠오르는 잡념을 빠르게 억눌렀다. '탕! 스매싱으로 포인트를 따내며 세트 스코어 1 대 1로 이제 마지막 게임을 남겨 두고 있습니다.' 시진은 미래 자신의 경기 장면을 혼자서 중계했다. 다음 배달에 늦지 않기 위해 속력을 올렸다.

나 좀 좋아해 줄래

교실 뒷문이 열리고 오후가 들어섰다. 미르가 손을 번쩍 들어 올렸다. 오후가 다가오자 미르의 심장 박동이 빨라졌다. 재빨리 일어서며 말했다.

"여기 앉을래?"

"왜?"

"전망 좋은 자리야."

오후는 천천히 의자를 빼고 최대한 조용히 앉았다. 창밖의 텅 빈 운동장에 햇살이 가득 내려앉아 있었다. 잠시 고민하다 고맙다는 말을 삼켰다.

미르는 웃음 가득한 얼굴로 제자리로 돌아갔다. 잠시 후 뒤쪽에서 아이들이 떠드는 소리가 들려왔다. "좋겠다." "아이

돌이야 뭐야?" 아이들은 애써 목소리를 낮추지 않았다. "또 졌다면서?" 주어는 빼놓고 이야기했지만 아이들이 수군대는 대상이 누군지 알 수 있었다. 미르가 과격하게 의자를 뒤로 밀어젖히며 일어섰다. 아이들에게 다가가려는 미르를 오후가 눈빛으로 제압했다.

'제발.' 오후는 간절히 부탁했다. 시끄러워지는 게 가장 싫었다.

"애들아, 다음 시간 과목이 뭐야?"

뒤쪽 아이들에게 오후는 다정하게 물었다.

"영어."

떠들던 아이 중 누군가가 대답했다.

"고마워."

오후는 활짝 웃는 자동인형처럼 나2의 표정을 하고서 사물함으로 다가갔다. 문을 열고 머리를 안으로 집어넣으며 속으로 그런 자신을 욕했다. '이런 상황에서도 웃어야 직성이 풀리지.'

수업 시작종이 울렸다. 오후는 영어책을 펼쳐 놓고는 창밖을 보았다. 당장 교실을 나가 운동장을 가로질러 이 학교에서 벗어나고 싶었다. 학기 초가 되면 아이들은 먼저 다가와 신기하다는 듯 말했다. "나 너 알아." 그들은 오후가 가장 두려워하는 말을 천진난만하게 내뱉었다. 그 말은 오후를 꼼짝 못 하게 만들었다. 그때마다 나1은 유명해지는 게 전혀 행복하지 않다며 솔직해지자고 했다. 그러나 나2는 그냥 모른 척하라고 했다. 오히려 더더욱 행복한 척을 해서 상대가 더 질투하도록 만들라고 부추겼다. 결국 오후는 사랑받아서 기쁘다는 듯 웃어 보였다.

오후는 등 뒤에서 미르의 시선을 느꼈다. 미르에게만은 웃어 주고 싶지 않았다. '강미르, 넌 내 앞에 나타나지 말았어야 해. 도대체 한국에는 왜 온 거니?' 자신만을 바라보는 저 눈빛. 자신에게 무언가를 기대하는 사람은 절대로 만족시킬 수 없는 법이다. 무한한 기대 뒤에 따라오는 건 하찮음, 실망, 미움뿐이니까. 이제 자신이 별거 아닌 존재라는 걸 들키기란 시간문제였다.

수업 시간 내내 미르는 오후의 뒤통수만 바라보았다. '나는 언제나 네가 궁금해.' 눈앞에 있는 오후를 향해 마음속으로 고백했다. 긴 머리카락을 포니테일 스타일로 깔끔하게 묶은 둥근 뒤통수가 흔들릴 때마다 가슴이 뛰었다. 오랫동안 바라던 소원이 현실이 되었는데도 여전히 믿기지가 않았다.

미르는 여섯 살에 호주로 떠났다. 형과 누나의 유학길에 함께였다. 그곳에서 그들은 미르를 귀여워하다가도 금세 귀찮아하기를 반복했다. 혼자 집을 지키다시피 하며 열 살이 되었다. 형과 누나가 미국으로 대학을 갔을 때 미르는 호주에 홀로 남겠다고 고집했다. 우연히 배우기 시작한 테니스에 흥미를 느껴 한 사립 기숙 학교에 들어갔다. 테니스에 겨우 마음을 붙이며 지내다 2년 전 어깨 부상으로 호주 병원에 입원했다. 테니스를 취미 정도로 여겼기 때문에, 가족은 아무도 오지 않았다.

어디에도 마음을 붙이지 못해 방황하던 때, '즐거운 오후'를 보았다. 영상 속 오후를 보면서 미르는 테니스를 포기하지 않고 계속할 수 있었다. 오후의 밝은 웃음에 마음을 기대고 작은 행동과 말에서 힘을 얻었다. 자신의 댓글에 오후가 눌러 준 좋아요, 가 하루를 완전히 바꾸어 놓았다. 기분이 좋아졌고, 곁에 가족이 없어도 외롭지 않았으며, 재활 치료 후에는 경기에서 우승할 수 있었다. 2년 동안 미르는 오후와 8,297킬로미터 떨어진 곳에서 누구보다 많은 이야기를 나눴다. 그러다 점점 오후가 보는 개나리와 낙엽과 눈을 가까이에서 보고 싶었다. 오후가 먹는 음식 맛도 궁금했다. 무엇보다 코트에서 오후와 함께 랠리를 하고 싶었다.

미르가 고국에 돌아오는 게 이상한 일도 아닌데, 가족은 반대했다. 아빠는 나약하다며 비난을 퍼부었고, 엄마는 막내라서 외로움을 잘 탄다며 걱정만 늘어놓았다. 누구도 자신의 선택을 이해하고 존중하려 들지 않았다. 가장 자신을 인정해 주지 않는 사람들이 가족이라는 것을 모르지 않았다. 그들은 늘 바빴고, 자신의 삶에 집중하느라 누구도 신경 쓰지 않았다. 미르도 예외는 아니어서 비난과 걱정도 한 달을 채 넘기지 못했다.

제발 나를 좀 봐달라고. 누구도 아닌 가족에게 인정받기 위해 노력하는 삶이란 어렵기만 했다. 미르와 오후는 가족 이야기를 하면서 구독자에서 친구로 가까워졌다. 둘만의 특별한 소통이 미르를 이곳까지 오게 했다. 이제 눈앞에 오후가 있다. 손을 뻗으면 닿을 수 있는 거리다. 급식도 하교도 훈련도 함께 한다. 이보다 더 행복할 수 있을까? 아니다, 이토록 괴로울 수 있을까? 미르는 더 가까이 가고 싶다는 열망과 한 번의 눈인사면 충분하다는 다짐을 수없이 반복 중이다.

수업 종료 종이 울리자 오후와 미르는 가방을 챙겨 테니스장으로 향했다. 실내 체육관에 도착하자 아직 아무도 없었다.

"연습 파트너 해 줄까? 가볍게 랠리부터 시작하자."

미르가 말을 하고 공을 짧게 넘겼다. 오후가 네트 가까이에서 공을 받아 쳤다. 이번에는 미르가 공을 멀리 보냈다. 오후는 가까스로 공을 받아 냈다. 둘 사이를 공이 빠르게 오갔다.

테니스는 서로를 탐색하고 점수를 내고 승부를 겨루는 게임이다. 오후의 마음을 얻기 위해서도 정확한 마음을 파악해야 성공 확률을 높일 수 있다. 미르는 오후를 최대한 네트로 가까이 끌어들이기 위해 드롭 샷을 했다. 저 공은 내게 반드시 돌아올 거야. 미르는 언제나 좋은 타이밍을 꿈꿨다. 오후가 공을 받아 내기 위해 네트 앞으로 뛰어들었다. 그러나 한발 늦었다.

이번에는 미르가 살짝 힘을 빼고서 공을 바깥쪽으로 밀어 냈다. 오후는 공을 향해 악착같이 달려들었다. 밸런스가 무너지지 않도록 자세를 잡은 뒤 높이 뛰어올라 스매싱을 날렸다. 공격받은 미르는 아웃될 것을 예상하고 공을 받아 치지 않았다.

미르는 몸을 숙여 경기장의 라인을 보았다. 정확한 표준 규격에 맞춰 그려진 저 선을 넘으면 아웃, 넘지 않으면 인. 선을 바라보고 있는데 문득 오후와 지켜야 할 선이 궁금해졌다. 미르는 고개를 들었다. 최대한 다정하게 오후를 향해 외쳤다.
"인."

미르는 오후에게 다가갔다. 공을 건네고는 매점에 다녀오겠다며 미소를 지었다.

"뭐 사 오려고?"

오후의 물음에 미르는 기다리라며 한쪽 눈을 찡긋했다.

미르가 나가자 오후는 몸이 축 처졌다. 의자에 앉아 잠시 숨을 돌렸다. 랠리만 했을 뿐인데 체력적으로 힘들었다. 딸기맛 우유와 민트 초콜릿을 먹으면 기운이 날까? 좋아하는 음식을 떠올리고 있을 때, 시진과 다미가 체육관으로 들어섰다. 오늘은 수업 일수 때문에 하교 후에 훈련이 시작되는 날이다. 각자 교실에서 종례를 마치고 하나둘 모여들었다. 오후와 미르는 마지막 수업이 체육이라서 일찍 빠져나올 수 있었다.

다미는 희미하게 웃었지만 시진은 무표정이다. 시진은 곧바로 옆으로 뜀뛰기를 시작했다. 이어서 앞뒤로 뛰기를 했다. 발을 높이 올리기를 반복했다. 스무 걸음 정도 떨어진 지점에서 다미는 몸풀기 운동으로 줄넘기를 했다. 다미는 현재 여자부 랭킹 1위다. 엄청난 노력파로 파워가 강하고 무자비한 공격으로 상대를 주눅 들게 한다. 그러나 경기장 밖에서는 말이 없고 차분한 성격이다. 시진과 다미는 묘하게 닮은 구석이 있다. 챔피언이 되려면 저 둘처럼 테니스에 지독하게 매달려야 하는데……. 생각 끝에 오후는 한숨을 내쉬었다.

잠시 후 가혜가 늘어지게 하품을 하며 문을 열고 들어왔다. 석기가 바로 뒤따랐다. 오후는 둘을 기다리고 있었다는 듯 반갑게 손을 흔들었다. 둘은 오후 곁에 다가와 앉았다.

"나무는 녹색이지만 그렇다고 다 같은 녹색은 아니잖아."

"또 뭔 소리를 풀어놓으려고 그래."

가혜는 타박하면서도 "그래서?" 하고 석기에게 되물었다.

"그러니까 더 짙은 녹색도 있고 더 연한 녹색도 있고 자세히 보면 같은 녹색은 없단 말이지. 마치 우리처럼 나무 색도 다 다르다는 거야."

"지금 경기 방식을 말하는 거임?"

"아, 좀! 우리의 존재성을 말하고 있잖아."

"존재가 먹는 거야?"

가혜가 장난스레 석기의 어깨를 툭 쳤다.

"공을 잡으려면 발을 움직여야 하고 사랑을 쟁취하려면 재미있는 이야기를 많이 알고 있어야 하잖아. 맞지, 후야?"

석기의 말에 오후가 고개를 끄덕였다.

석기와 가혜는 죽이 잘 맞았다. 그래서 함께 있으면 분위기가 금세 밝아졌다. 석기는 장난과 내기를 좋아하지만 항상 가볍게 행동하지만은 않았다. 테니스 외에도 다양한 분야에 관심이 많아서 함께 있으면 잡다한 상식부터 요즘 시사 문제까지 들을 수 있었다. 무엇보다 자연스럽게 유머 감각을 발휘하는 말솜씨가 매력적이다.

가혜는 밝고 쾌활하면서도 예의를 지킬 줄 알았다. 테니스 역시 기본기가 탄탄하고 차곡차곡 쌓아 올린 실력을 갖추고 있다. 절대로 쉽게 무너지지 않는 페이스를 유지하며 자연스럽게 경기를 끌고 나가는 타입이다. 가혜 부모님은 자주 간식을 사 들고 테니스장에 왔다. 마치 나들이를 나온 가족처럼 셋은 자연스럽고 편안해 보였다. 오후는 가족을 두고 혼란스러워하거나 부담을 느끼지 않는 가혜의 그런 모습이 가장 부러웠다.

미르가 매점에서 돌아왔다. 오후를 향해 검정 봉투를 불쑥 내밀었다.

"너 기운 없을 때 이거 먹잖아."

신기하게도 조금 전 오후가 먹고 싶다고 생각한 것들이었다.

"고마워."

오후는 약간 당황한 표정으로 말했다.

"더 줄까?"

미르가 오후를 향해 웃었다. 도무지 마음을 숨길 수 없는 환한 표정이었다.

"또 있어?"

민트 초콜릿은 한 개가 아니었다. 미르의 양쪽 주머니에서 계속해서 나왔다.

"뭐야, 도라에몽 주머니잖아."

"너를 위한 주머니야."

뛰어왔는지 미르 이마에 땀방울이 맺혀 있었다. 오후는 웃어야 할지, 화를 내야 할지 헷갈렸다.

"멋지다, 강미르! 사랑을 쟁취하려면 역시 먹는 게 최고야."

둘을 지켜보던 가혜가 석기를 향해 눈을 흘기며 말했다. 그러고는 미르야, 하고 재차 불렀다.

"후에 관해서 또 아는 거 있으면 말해 봐."

미르의 입꼬리가 올라갔다. 미르는 '즐거운 오후'를 반복해서 보다 보니 남들 눈에 보이지 않는 오후 버릇들에 관해 알게 되었다. 경기에 자신이 없을 때면 손등으로 이마를 짚는 버릇, 라이브 방송 중에 슬픔을 감추기 위해 코를 찡긋거리고 웃기, 엄마와 대화할 때 생기는 미간의 세로 주름 등.

"후는 서브 넣을 때 혀를 살짝 내미는 버릇이 있어."

"진짜?"

가혜가 오후를 쳐다보았다. 미르가 이어 말했다.

"혼자만 알고 있으려고 했는데 보면 진짜 귀여워."

가혜가 못 말리겠다는 표정으로 눈을 흘겼다. 재밌다는 듯 "또?" 하고 채근했다.

"그만해."

오후가 날카롭게 쏘아붙였다. 미르의 관심이 고맙기는커녕 화가 났다. 집중력을 잃으면 라켓을 아래쪽으로 떨어뜨리는 습관이 있다는 건 알고 있었다. 상대에게 들킬 수 있으니까 조심해야 한다는 지적을 계속 받아 왔다. 자신의 의지와 상관없이 혹시나 혀가 화살표처럼 공의 방향을 알려주었던 건 아닐까? 오후는 새로운 약점이라도 들킨 기분이었다.

"미안. 난 그냥……."

"세상에 그냥이 어딨어."

오후는 체육관을 나와서 혼자 운동장을 뛰기 시작했다.

2년 전 미르가 팬이라며 메시지를 보냈다. 오후는 적당히 무시할 수 있었지만 그러지 않았다. 어떤 진심이 느껴졌기 때문이다. SNS 속 미르는 부유한 자신의 삶을 자랑하거나 잘난 척하지 않았다. 자신이 보고 느낀 일상적인 것을 있는 그대로 솔직하게 사진에 담아서 올렸다. 이국적인 하늘과 나무, 거리의 사람과 공원의 동물들을 세심하게 관찰하는 아이였다. 무엇보다 운동에 관한 대화가 잘 통했다. 좋아하는 마음과 힘들어하는 방식도 둘은 닮아 있었다. 가족을 향한 외로운 감정도 공유할 수 있었다. 영원히 비상약 같은 든든한 존재로 남을 줄 알았던 미르가 돌연 눈앞에 나타났다. 더는 익명이 아닌 동료 선수로.

미르에게 왜 화가 나는 걸까? 오후는 미르를 볼 때마다 자신이 우르르 쏟아 버린 말들이 떠올랐다. 오 여사의 속물성을 흉보고 협찬사의 불편함을 지적하고 구독자를 깔보았다. 괴로

위하면서도 자신이 누리는 것들도 이야기했다. 넌 멀리 있으
니까 괜찮을 거야. 우리는 만날 확률이 적고 너와 나는 다른 삶
을 살고 있으니까. 누구든 붙잡고 말하지 않으면 견딜 수 없었
던 그때, 우연히 그 자리에 미르가 있었다. 오후는 미르가 눈앞
에 나타나서야 깨달았다. 미르와의 관계에서 자신만 생각했다
는 것을. 미르가 친절하게 굴수록 자신은 더 나쁜 사람이 되는
기분이었다.

한낮의 훈련

운동장 가득 햇볕이 내리쬐었다. 왼발 오른발 왼발 오른발, 오른발 왼발 오른발 왼발. 테니스 부원들은 구령에 맞춰 다 같이 뛰었다. 4월의 마지막 주였다. 장 코치는 변함없이 선수들의 훈련을 눈으로만 쳐다볼 뿐 함께하지 않았다. 실외 테니스장에서 훈련할 때는 그늘 쪽 벤치에 앉아 핸드폰만 계속 만지작거렸다.

어쩌다 게으른 선생이 되었을까? 그는 한때 존경받는 국가대표였다. 세계 선수권 대회에서 투혼을 발휘해서 좋은 성적을 거두었고, 그 명성이 대단해서 한동안 어린 선수들에게 희망이었다. 사람들은 그가 무너진 이유를 도박, 이혼, 사기 등 여러 곳에서 찾았다. 소문은 무성했지만 진실은 누구도 알 수 없었다. 오후는 그가 여전히 서현고 코치로 남아 있는 이유가 궁금할 뿐이었다.

장 코치는 싫었지만, 테니스부 친구들과는 점점 가까워졌다. 다정하고 유머 넘치는 가혜와 속 깊은 다미를 만난 것은 열일곱 살의 행운 같았다. 훈련이 끝나고 함께 먹는 떡볶이가 맛있었다. 근처 코인 노래방에서 소리를 지르고 나면 잠시나마 숨통이 트였다.

다리 위에서 만난 이후 시진은 오후에게 눈길조차 주지 않았다. 오후 혼자서만 늘 시진을 바라보고, 시선이 멈췄다. 등 뒤에서 시진의 목소리만 들려와도 신경이 곤두섰다. 오후는 시진의 밝은 면이 아닌 어두운 면에 끌렸다. 시진은 가슴에 바윗덩어리를 품은 사람처럼 말도 없고 표정도 없다. 물론 차가워 보이는 외모도 큰 역할을 했겠지. 오후는 자신의 감정에 솔직해지려고 노력 중이다. 하지만 시진에 대한 마음만큼은 들키고 싶지 않았다. 오롯이 혼자서만 알고 싶을 뿐.

쉬는 시간이 되자 오후, 가혜, 다미는 등나무 아래 계단으로 몰려갔다. 셋은 나란히 자리 잡고 앉아 물을 마시며 땀을 닦았다. 미르와 시진은 쉬는 시간이 끝나기도 전에 코트로 들어섰다. 시진이 서브를 넣기 위해 바닥에 공을 바운스 했다.

미르는 네트 너머에서 서브 받을 준비를 했다. 상대 서브를 받는 시간은 1초도 걸리지 않는다. 그 1초 안에 발을 어떻게 어디로 움직일지 백스윙은 포핸드 쪽인지 백핸드 쪽인지 결정해서 공략해야 한다. 무엇보다 라켓과 공이 만나는 순간 정확한 스토로크를 해내야 한다. 공이 날아왔다. 미르는 코트를 가로질러 달려가 힘껏 공을 쳐 냈다. 그러자 시진이 재바른 동작으로 되받아 쳤다. 총알처럼 되돌아오는 공을 향해 미르는 뛰었다. 오후가 보고 있으니까, 누구에게도 지고 싶지 않았다.

탕, 타당. 두 사람은 쉬지 않고 랠리를 이어 갔다.

서브를 넣기 전, 시진은 공에 집중하고 있는 미르의 표정을 살폈다. 미르를 처음 만난 것은 입학하기 석 달 전 강원도에서 열린 국제 주니어 선수권 대회였다. 시합 전 기자 한 명이 시진에게 다가와 강미르 선수를 어떻게 생각하냐고 물었다. 시진은 애써 자신감을 드러내며 인터뷰를 마쳤지만 경기가 시작하기도 전에 기운이 다 빠진 느낌이었다.

그날 시진은 극도로 불안했다. 강미르가 호주에서 온 낯선 선수라서가 아니었다. 무섭게 치고 들어오는 공의 기운 때문이었다. 계속되는 맹공에 시진은 더욱 집중하며 위닝 샷을 날렸다. 악착같이 달려들어 점수를 따냈지만 갈수록 숨이 찼다. 미르는 날카로운 스토로크를 때려 시진을 좌우로 많이 움직이도록 유도했다. 세트 스코어 1 대 1 상황에서 마지막 세트는 타이 브레이크까지 갔다. 시진은 두 포인트를 따내며 가까스로 미르를 이겼다. 하지만 조금도 기쁘지 않았다. 만만찮은 상대를 만났고 앞으로도 계속 경쟁해야 한다는 불안감이 엄습해 왔다. 오늘은 단지 강미르가 졌을 뿐. 그날 시진은 이겼다는 통쾌함을 느끼지 못한 채 경기장을 떠났다.

다음 날 기사에는 '촉망받는 괴물들'이라는 헤드라인과 함께 둘의 사진이 실렸다. 기자는 강미르를 떠오르는 신예라고 소개하며 호주에서 테니스를 배웠고 세계적으로 유명한 아카데미에서 능력 있는 코치에게 훈련을 받았다고 했다. 내용 끝에는 '금수저'라는 표현을 썼다. 시진에게는 어김없이 '가난을 이겨 내고'라는 말을 덧붙였다.

"눈이 즐거워지는 랠리네."

가혜가 이쪽저쪽 고개를 돌려 가며 말했다.

"미르는 감각적인 스타일이야. 그러니까 전술에 약하지."

다미가 바로 맞받았다.

"애교 많고 장난 좋아하는 재벌 집 막내아들이라면 이야기가 달라지지. 강미르는 안정성을 앞세우는 수비 전략을 구사해. 상대의 실수를 유도하는 거지."

"시진은 공격적인 전술에 강해. 어떻게든 상대를 자기 페이스로 끌어들여."

"그래도 이번에는 시진이 서브가 너무 강했어. 리턴 미스를 이끌어 내려고 했던 것 같은데……. 왠지 미르가 이길 것 같다."

"방금 봤어? 시진의 바람을 가르는 듯한 슬라이스 발리. 절도와 밸런스가 완벽했어."

다미가 자리에서 일어나 박수를 보냈다. 가혜도 "잘한다!" 하고 외쳤다. 둘은 다시 자리에 앉아 흥미롭다는 표정으로 게임을 지켜보았다.

"저기."

오후가 잠시 뜸을 들였다. 오후는 경기 내내 시진만 쳐다보았다.

"시진은 왜 후원사가 없어? 국내 대회는 그렇다 치고 후원 없이 국제 대회는 앞으로 어떻게 나가? 윔블던에 가려면 최소 2000만 원은 필요한데. 게다가 라켓과 운동복 비용도 만만치 않고."

"나도 이상하다고 생각했어. 눈이 있으면 어떻게 나시진을 후원 안 할 수 있어?"

다미도 걱정스레 말했다.

"학교 체육복 입고 뛰는 선수는 처음 봐. 근데 스타일이 좋아 그런가. 체육복도 명품 같아."

가혜는 시진의 몸집이 다부지고 키가 큰 체형을 칭찬했다.

"미르는 절대 시진을 이길 수 없어. 시진은 상대가 아니라 공을 두려워하지 않거든."

다미는 시진에게서 잠시도 눈을 떼지 않고서 말했다.

"뭐지? 최애를 바라보는 다미의 저 눈빛은……. 물론 미르가 상대의 영향을 지나치게 많이 받기는 하지. 근데 그만큼 인간적이라는 거 아니겠어. 그런 의미에서 난 후가 제일 부러워잉."

가혜가 오후 어깨에 머리를 기댔다. 오후는 애교 많은 가혜가 좋았지만 단호하게 말할 필요가 있었다.

"절대 미르와 나 엮지 마. 부탁이야."

오후는 눈가에 힘을 줬다. 그러거나 말거나 가혜는 두 손 모아 기도하듯 외쳤다.

"제발 저도 연애 좀 하게 해 주세요."

"쟤 어때?"

다미가 고갯짓으로 옆 코트를 가리켰다. 셋의 시선이 신석기를 향했다. 석기는 물을 반쯤 채운 물통을 코트에 일정한 간격을 두고서 배치 중이었다.

"저렇게 나대는 애 딱 질색이야."

가혜가 입을 비죽 내밀었다.

"난 석기 귀엽고 좋던데. 사람을 편하게 해 주잖아."

오후가 웃으며 가혜를 곁눈질했다.

저편에서 석기가 이쪽을 향해 손짓했다. 테니스공으로 물통 맞히기 게임을 하려는 모양이었다. 석기는 앞장서서 떡볶이 사기, 가방 들어 주기, 꿀밤 먹이기 등 온갖 벌칙을 내세워 내기하는 것을 즐겼다.

"또 무슨 내기를 하려고 저래. 아무튼 더 이상 까불지 못하게 만들어 줄 거야."

가혜가 제일 먼저 일어나 엉덩이를 털었다. 고개를 오른쪽 왼쪽으로 돌리며 몸을 풀더니 석기를 향해 뛰어갔다. 쭉 뻗은 두 다리가 가볍게 폴짝거렸다.

저녁 시간이 가까워졌을 때였다. 낮 동안 보이지 않던 장 코치가 모두를 호출했다. 체육관에 모이라고 해서 갔더니 그가 양손에 커다란 쇼핑백을 들고 나타났다. 대단한 일이라도 있는지 호루라기를 불어서 가까이에 집합시켰다. 여섯 명은 둥글게 모여 섰다. 장 코치가 쇼핑백을 거꾸로 뒤집어 바닥에 옷가지들을 쏟았다. 전부 가격표도 뜯지 않은 테니스복이었다.

"필요한 사람 입어라."

말투에서 왠지 모를 거만함이 느껴졌다. 누구도 선뜻 나서지 않고 멀뚱히 쳐다만 봤다.

"의류랑 신발 협찬받으면 저런대. 우리한테는 싸구려만 주고 신상은 당근에 판다는 소문이 있어."

가혜가 오후 귀 가까이에 대고 귓속말을 했다. 오후는 믿을 수 없다는 표정으로 가혜를 보았다. 가혜가 선배들에게 들었다면서 지난번에는 라켓도 열 자루나 빼돌렸다고 덧붙였다.

"시진아, 네가 체육복 입고 있으면 내 얼굴이 뭐가 되겠니. 특별히 너 생각해서 가져온 거다. 감사합니다, 하고 얼른 받아."

그때까지도 시진은 가만히 서 있었다. 그러자 미르가 먼저 나서서 옷을 골랐다.

"미르, 네가 입을 건 여기 없어. 급 떨어진다."

장 코치가 미르를 막아섰다. 그 바람에 분위기가 더 싸해졌다. 웃는 사람은 오직 장 코치뿐이었다.

"나한테 어울리지?"

어색한 분위기를 바꾸려는 듯, 석기가 얼른 티셔츠를 집어 들었다.

"이건 네가 입어. 잘 어울리겠다."

석기가 미르에게 옷을 던졌다. 다음으로 파란 줄무늬가 있는 티셔츠를 시진에게 내밀었다. 시진은 무표정한 얼굴로 티셔츠를 받았다.

오후는 아랫입술을 지그시 깨물었다. 업체에서 선수들을 위해 준비한 협찬품이었다. 기왕 전달해 주는 거 기분 좋게 나눠 주면 좋을 텐데. 장 코치는 무언가가 단단히 꼬여 있어서 누군가의 선의도 제대로 전달할 줄 몰랐다.

"오후와 시진이 한 팀, 다미와 미르가 한 팀으로 혼합 복식 준비해."

장 코치는 말하고 나서 팔걸이 의자에 몸을 비스듬히 기울여 앉았다. 선수들이 경기를 할 때 심판을 보거나 연습 장면을 녹화하지도 않았다. 항상 의자에 앉아 졸기 일쑤였다.

넷은 곧장 코트에 섰다. 시진이 서비스 라인 안쪽에 서고 오후가 베이스 라인 바깥에 섰다. 오후는 시진의 뒤통수를 계속 바라보았다. 괜찮을까? 마음이 얼마나 다쳤을까? 걱정하느라 오후는 바로 앞으로 날아온 공을 놓치고 말았다. 시진이 고개를 돌려 오후를 무섭게 노려보았다. 조금 전 상황은 이미 잊은 얼굴이었다. 비록 연습 게임이지만 또 경기에 지게 될까 봐 신경이 곤두선 듯했다.

넌 나에게 관심조차 없구나. 오후는 딴생각에 빠져 또 공을 놓쳤다. 한번 흐트러진 집중력을 다시 잡기란 쉽지 않았다. 당연히 받아 칠 줄 알았던 공마저 계속 놓쳤다. 오늘따라 뭐 하나 제대로 맞는 공이 없네. 2세트가 끝나도록 경기력은 좀처럼 상향 곡선을 그리지 못했다. 그때였다. 갑자기 시진이 오후 앞으로 바짝 다가와 공을 쳐 냈다.

"너 미쳤어!"

시진이 소리쳤다.

오후 얼굴을 향해 날아오는 공을 막아 낸 건 시진이었다. 오후도 놀라긴 마찬가지였다.

"선수가 경기 중에 가만히 서 있으면 다친다는 거 몰라. 너 계속 피해 줄 거면 나가."

말하는 시진의 표정이 무서울 정도였다.

"야, 너 말이 너무 심하잖아. 시진이 네가 뭔데 나가라 마라야!"

미르가 네트를 훌쩍 뛰어넘어 와 말했다.

"너야말로 뭔데?"

시진은 평소와 달리 필요 이상으로 흥분했다. 멈추지 않고 오후를 향해 더 소리를 질렀다.

"그렇게 생각 없이 경기를 왜 하는 거야?"

오후는 공에 맞을 뻔한 볼을 가만히 손으로 쓰다듬었다. 아이들 앞에서 자신을 강하게 밀어붙이는 시진에게 화가 났지만 틀린 말은 아니었다.

"나시진! 후에게 사과해."

미르가 끼어들었다.

"강미르, 꺼져!"

"둘 다 꺼져!"

이번에는 팔짱을 끼고서 가만히 지켜보던 장 코치가 나섰다.

"죄송합니다."

그제야 이성을 찾은 듯 시진이 말했다. 미르도 코치를 향해 고개 숙여 사과했다.

코트에서 쫓겨난 시진과 미르는 남자 탈의실로 향했다. 사물함 앞에서 시진이 옷을 갈아입고 있는데 미르가 먼저 말을 걸었다.

"각자의 이유로 다 힘들어. 오후도 그렇고."

"계속 이해하고 받아 주는 건 네 방식이야. 나에게 강요하지 마."

"너 열심히 하는 건 아는데 그렇다고 네 기분대로 함부로 말하는 건 좀."

"기분? 난 기본을 말하는 거야. 선수가 경기할 때 집중하는 건 당연한 거야."

시진은 여전히 분이 풀리지 않은 얼굴이었다.

"오후 원래 그런 애 아니야. 요즘 슬럼프라서 그래."

"오후를 좋아하는 건 네 문제야. 나까지 끌어들이지 마."

나가려는 시진의 어깨를 미르가 꽉 붙잡았다. 그러자 시진이 주먹이라도 날릴 것처럼 미르를 노려보았다. 시진의 눈초리가 날카로웠다. 미르는 시진이 왜 이토록 화를 내는지 이해할 수 없었다. 시진을 소중한 친구로 생각했다. 서로를 자극하면서 실력을 더 높여 주고 결국 자기 능력의 한계치까지 도달하게 만드는 진정한 경쟁자라고. 그러나 지금은 아니었다. 미르는 이대로 물러설 생각이 없었다.

"너한테는 진짜 테니스밖에 없냐?"

"뭐가 더 있어야 하는데? 친구? 의리? 여친?"

"……."

"테니스를 빼면 나란 인간은 아무것도 아니야. 별거 아닌 인간이 된다고. 너 같은 금수저가 흙수저의 삶을 어떻게 알겠냐. 아니다, 금수저로 태어난 것이 네 죄는 아니지."

"너 말이 너무 심해."

"내가 종일 치킨 배달해 봐야 지금 네가 신은 운동화 절대 못 사. 그게 심한 거야."

시진은 말하면서도 이런 식으로 감정을 표출해서는 안 된다고 생각했다. 하지만 며칠 전부터 시작된 무릎 통증 때문에 예민해져 있었다.

"나시진. 너 그거 알아?"

미르가 얼굴을 가까이 들이대고는 말을 이었다.

"사람들은 꿈을 꾸고 싶어 해. 그래서 내가 아니라 너를 응원해."

"흙수저라서 응원받고 있으니 나보고 행복해하라는 거냐?"

"이야기의 주인공은 항상 너 같은 애가 되니까. 오후도 언제나 너만 보잖아. 나 따위 관심도 없고."

"난 지금 오후 마음 따위 관심 없어."

시진은 가방을 둘러메고 그대로 탈의실을 나왔다. 걷는데 왼쪽 무릎에서 강한 통증이 느껴졌다. 체력도 정신도 엉망이 된 것 같아 스스로가 한심했다.

"나시진."

오후가 부르는 소리에 멈춰 섰다.

"너 병원 가야 해."

"비켜."

시진이 퉁명스레 말하고는 테니스장을 나가려는데 오후가 다시 막아섰다. 시진이 쌀쌀맞게 물었다.

"너 나한테 관심 있냐?"

"……."

"체육관이든 교실이든 왜 고개만 돌리면 네가 나를 보고 있냐고."

"……."

"제발, 아니길 바란다."

"왜 너 좋아하면 안 되는 이유라도 있어?"

"난 너한테 관심 없거든."

"앞으로 생길 수도 있잖아."

"모두가 다 너를 좋아한다고 생각해?"

"아니."

"그렇다면 다행이고."

시진은 오후를 지나쳐 그대로 나가 버렸다.

오후는 절룩거리며 걸어가는 시진을 지켜보았다. 한 발짝씩 멀어질수록 서운한 마음보다 중요한 경기를 앞두고 부상을 당했을까 봐 더 걱정됐다.

키스가 궁금해

가혜와 석기는 집으로 가는 길에 코인 노래방에 들렀다. 학교 앞에 있는 분홍 코끼리 노래방은 아이들 사이에서 인기가 많았다. 다행히 둘이 좋아하는 구름 방이 비어 있었다. 둘은 노래 취향이 비슷해서 훈련이 끝나면 가끔 이곳에 들렀다.

반주가 흘러나왔다. 천장에 달린 미러볼이 회전하며 노란빛 빨간빛 푸른빛을 쏘아 댔다. 가혜는 편의점에서 사 온 키스 젤리를 입안에 넣고 계속 오물거렸다. 젤리가 도톰하고 말랑해서 입술 느낌이 나는 젤리였다. 첫 키스의 설렘을 느낄 수 있다는 광고에 흥미가 갔다. 키스를 하면 정말 달콤한 딸기 맛을 느낄 수 있을까? 가혜는 궁금했다.

가혜 부모님은 집 안 어디에서든 자주 포옹과 키스를 나누며 서로의 애정을 표현했다. 그 모습은 자연스럽고 다정해 보였다. 그러나 우연히 본 드라마 속 키스 장면은 조금 달랐다. 그날 밤, 가혜는 두 다리 사이에 베개를 껴안고서 이상한 열기에 시달렸다. 가혜는 드라마 속 주인공이 되어서 사랑하는 사람과 키스하는 장면을 떠올렸지만, 번번이 상상은 서로의 입술이 맞닿기 직전에 아쉽게 끝나고 말았다. 결말까지 가지 못하는 주인공이라니. 억울한 기분이 들어서 이불을 걷어차고 두 발을 허공을 향해 버둥거렸다.

가혜는 입안에서 젤리를 사탕처럼 녹여 먹으며 어제 SNS에 석기가 남겨 놓은 댓글을 곱씹었다.

ㄴ, 어제 너 공 좋더라.♡

댓글 끝에는 이모티콘이 달려 있었는데 웃음이 아닌 하트였다. 석기는 노래를 부르면서 어깨까지 들썩였다. 잘생긴 얼굴은 아니지만 눈매는 반달 모양으로 귀여웠고 특히 웃을 때가 매력적이다. 가혜는 야광 탬버린을 손에 쥐었다. 어떤 말로 시작하면 어색하지 않을까? 챙챙챙. 온 힘을 다해 탬버린을 흔들었다. 복잡한 가혜 마음과 달리 탬버린 불빛만 현란하게 반짝거렸다.

노래를 끝낸 석기는 가혜 곁에 바짝 다가와 앉았다. 둘의 엉덩이가 살짝 닿았다 떨어졌다. 아주 짧은 순간이었다. 하지

만 가혜는 얼굴부터 귓속까지 금세 뜨거워지고 말았다. 석기
는 고개를 숙이고 신중하게 다음 노래를 고르고 있었다. 땀에
젖은 머리카락이 귀여운 새끼 새의 깃털처럼 보였다. 가혜는
손을 뻗어 만져 보고 싶다는 호기심이 발동했다. 하지만 그날
놀이터의 기억이 떠오르자 자신이 없어졌다.

초등학교 4학년 때였다. 가혜는 키 작은 남자아이에게 바
나나 맛 우유와 빼빼로 과자를 선물받았다. 딱히 눈여겨보지
않던 아이였는데 그때부터 교실에서 그 아이만 보였다. 그 애
의 목소리가 뒤에서 들려오면 가슴이 뛰고 얼굴이 빨갛게 달아
올랐다. 가혜가 교실에 늦게까지 남아 청소를 마치고 나오던
날이었다. 그 애가 기다리고 있었다. 텅 빈 운동장을 지나며 처
음으로 손을 잡았다. 놀이터 벤치에 앉아 아이스크림을 먹으
며 이런저런 수다를 떨었다. 그 애가 즐겨 하는 게임 캐릭터에
관해 이야기할 때였다. 가혜의 눈길은 자꾸만 옅은 숨을 내쉬
고 있는 그 애의 입술에 가닿았다. 자신도 좋아한다는 마음을
자연스럽게 표현하고 싶었다. 이끌리듯 그 애의 얼굴 가까이
자신의 얼굴을 가져다 댔다. 심장이 무서울 정도로 빠르게 뛰
었다. 가혜는 쿵쾅거리는 심장을 그만 잠재우고 싶은 마음에
자신의 입술을 그 애의 입술에 포갰다. 짧은 순간, 둘의 입술이
부딪쳤다가 멀어졌다. 놀란 그 애가 벌떡 일어났다. 가혜는 중

심을 잃고 땅바닥으로 철퍼덕 넘어졌다. 그 바람에 치마가 뒤집히면서 잔꽃 무늬가 프린트된 팬티까지 들키고 말았다.

"미안해."

그 애가 머리를 긁적였다.

"뭐가?"

"그러니까 나 때문에 다친 것 같아서."

가혜는 치마를 정리하고는 손등으로 입가를 쓱 닦았다. 그러고는 그 애를 무섭게 노려보았다. 그 애는 겁먹은 듯 손으로 입을 가리고 있다가 도망치듯 가 버렸다.

그날 이후 가혜는 학교에서 이상한 수군거림에 시달렸다. 복도를 지나면 아이들이 뒤에서 킥킥거리며 웃었다. 소문 속에서 가혜는 '밝히는 여자애'가 되어 있었다. 가혜는 자신을 놀리는 아이들에게 화를 냈고, 멋대로 그날 일을 떠벌린 그 애를 찾아가 사과를 요구했다. 혼자서 모든 걸 바로잡았지만 조금도 분이 풀리지 않았다. 여전히 반 아이들은 가혜에 관해 이상한 말을 만들어 내고 아무렇게나 부풀렸다. 가혜는 예측할 수 없는 방향에서 오는 말들이 싫었다. 이후 자연스레 교실보다 테니스장에 머무는 시간이 길어졌다. 오직 정직한 방향에서 날아오는 공을 보는 것만으로도 열한 살 가혜의 마음은 평온해졌다.

탕, 탕, 탕. 가혜는 아주 어릴 적부터 공 소리를 들으며 자랐다. 테니스장과 바로 인접해 있는 아파트 동 1층에 살았다. 가혜의 방에서 창문을 열면 테니스장이 바로 보였다. 아침마다 공 소리에 눈을 뜨는 게 좋았다. 언제부턴가 누군가가 라켓으로 공을 때리면 그게 꼭 총소리처럼 들려왔다. 탕, 탕. 세상을 향해 내는 강력하고 우렁찬 소리였다. 가혜는 부모님을 졸라서 처음으로 테니스장에 갔다. 어설픈 자세로 라켓을 잡고 팔을 뒤에서 앞으로 움직였다. 천천히 날아오는 공이 라켓 면 중앙에 탕, 하고 맞았다. 공이 튕겨 나가는 진동이 가슴까지 전달되었다. 공이 날아갈 때마다 가혜는 세상에 대고 마음껏 소리 지르는 기분이었다.

석기는 발라드를 부르고 있었다. "아무리 힘들어도 그대와 함께라면." 눈을 감고서 한껏 분위기를 잡았다. 가혜는 긴장한 나머지 젤리를 다 먹어 버렸다. 자꾸만 아랫입술을 물었다 놓았다. 도대체 특별한 친구란 어떻게 되는 걸까? 매일 서로를 챙겨 주는 다정함과 친근함을 자신도 가지고 싶었다.

'안 돼.' 기억 속에 남아 있는 열한 살 가혜가 소리쳤다. 놀이터에서 그 애를 진짜로 좋아해서가 아니라 순전히 호기심 때문에 밀어붙인 게 문제였잖아. 다시는 그런 상처를 받고 싶지 않아. 가혜는 석기를 진심으로 좋아하는지 아닌지 알 수 없었다. 이제는 반드시 정말 좋아하는 사람과 키스를 해야 했다.

석기는 리모컨으로 노래를 검색하다 멈췄다. 그리고 가혜를 물끄러미 바라보았다.

"젤리 다 먹었어?"

"응."

"운동선수가 아직도 그런 불량 식품에 집착하고 말이야."

"아직 성장기라 그래."

"하긴 나도 가끔은 옆 학교로 전학 가고 싶더라."

가혜는 큰 소리로 웃었다. 석기가 가고 싶다는 곳은 초등학교였다.

용기 내어 볼까? 자신을 따라 웃는 석기가 좋았다. '너 나 어떻게 생각해?' 일단 묻는 거다. 공도 던지고 나면 어디로든 날아가니까. 가혜가 목소리를 가다듬으며 말을 꺼내려는 순간이었다.

"너 테니스 칠 때 진짜 멋있어."

석기가 소파 등받이에 몸을 기대며 말했다. 그리고는 한숨을 길게 내쉬며 말을 이었다.

"난 말이야, 요즘 테니스가 지겨워서 돌아 버릴 것 같아. 계속 무한 반복이잖아. 가끔은 이런 생각도 든다. 꼭 테니스 선수를 해야 하나?"

그럼 뭐 할 거냐고 가혜가 물었다. 석기가 진지한 표정으로 대답했다.

"난 대학 가면 테니스 관둘 거야. 스포츠 기자나 해설가 어때? 해박한 지식이 필요하니까 나랑 잘 맞을 것 같은데. 테니스 코치도 좋고. 코치는 테니스를 가장 잘 치는 사람이 하는 게 아니잖아. 선수들을 잘 관찰해서 약점과 강점을 파악하고 심리와 전술을 지도하는 사람이지. 테니스 심판 역시 냉철함과 책임감이 가장 중요하다고 생각해."

세상에 할 일은 많았다. 모두가 그랜드 슬램을 목표로 할 필요는 없었다. 석기처럼 빨리 자신을 인정하고 다른 방면으로 가능성을 넓히는 것도 좋아 보였다. 어쩌면 테니스보다 더 즐거운 일을 발견할 수도 있겠지. 하지만 가혜는 미래의 이야기가 아닌 지금의 감정에 집중하고 싶었다. '넌 나에게 특별한 감정이 없는 거니?' 가혜는 눈빛을 반짝였다.

"난 너처럼 테니스에 재능과 집념이 없어. 하지만 그런 걸 알아보는 뛰어난 감각이 있지. 나, 네 매니저 할까? 내가 보기에 넌 정말 유망주야. 충분히 가치가 있어. 너 매니저 하면 재밌을 것 같은데."

"그런 소리 하지 마. 난 누가 내 공만 주워 줘도 좋아하는 줄 아는 애야."

울상을 지으며 가혜가 말했다. 서현고에서 자신에게 관심을 보이는 남학생은 없었다. 오후만이 관심의 중심에 있었다. 가혜는 항상 러브 스토리의 주인공이 자신이 되기를 꿈꿨다. 하지만 어림없겠지.

"너 귀여워."

석기가 큰 소리로 말했다.

내가 귀엽다고? 가혜는 자신의 귀를 의심했다. "너 지난 게임에서 말이야⋯⋯." 석기가 말을 이었지만 가혜는 집중할 수 없었다. 지금은 테니스가 중요한 게 아닌데. 정말이지 답답해 미칠 지경이었다. 그때였다. 노래방 화면에서 연인이 하얀 눈을 맞으며 키스하는 장면이 나왔다. "서브 넣을 때 바람이⋯⋯." 석기의 목소리가 겨울 풍경 속으로 녹아드는 것 같았다. 가혜는 빨려 들어갈 듯한 기세로 화면에 집중했다. 차가운 눈송이가 날아와 입술에 닿은 듯했다.

"너 키스 해 봤어?"

가혜의 갑작스러운 물음에 석기는 재채기 끝에 "당연하지." 하며 허세 가득한 목소리로 대답했다. "몇 번?" 가혜가 눈빛을 반짝이자 석기가 흠흠, 하며 목소리를 다듬었다.

"코트에서 조용한 발을 가진 선수가 있어. 가벼운 움직임 때문에 코트에서 나는 소리가 거의 정적에 가깝지. 우아하고 예술적인 발놀림을 가진 선수의 샷을 떠올려 봐. 깃털 같은 움직임의 아름다움이 바로 키스의 느낌이야."

"뭐래, 그래서 네가 그 아름다운 발을 가진 선수라는 거야?"

"바로 그거지."

"해 볼래?"

"너 미쳤나?"

"싫어? 싫으면 네가 나 가르쳐 준다고 생각하면 되잖아."

"뭘 가르쳐?"

"테니스 가르쳐 준다고 생각해."

"너 테니스 잘 치잖아. 아, 그리고 넌 겁도 없냐? 공의 방향을 예상하듯 앞으로 우리 관계를 좀."

"뭐래. 스윙은 끝까지 해야지."

가혜가 바짝 다가가 앉았다. 석기는 긴장된 상태로 몸을 벽 쪽으로 붙였다.

"야, 나 지금 심신 미약 상태야. 그니까 잠시만 있잖아……."

말하는 석기의 입에 가혜가 입을 가져다 댔다. 입술이 만났고 이어 천천히 움직였다. 낯설고 이상했다. 가혜는 고개를 살짝 옆으로 기울였다. 키스할 때는 각도가 중요하다. 지금 그걸 기억해 낸 자신이 대견했다. 그런데 제대로 하고 있나? 먼저 입을 뗐다. 몸에 잔뜩 힘이 들어갔다가 훅 빠져나간 기분이었다. 그동안 상상했던 것처럼 황홀하거나 뜨겁지 않았다. 어색한 쪽에 가까웠다. 눈이 내리는 장소가 아닌 답답한 공간이라서 이런 기분이 드는 걸까? 천장에 달린 미러볼이 석기를 비췄다. 석기의 얼굴이 노랗게 빛났다가 푸르게 빛났다. 둘은 서로의 얼굴을 바라보며 웃음을 터뜨렸다.

"달콤한 딸기 맛은 안 나네."

"무슨 소리야?"

"넌 아름다운 밤로 나는 기분이었어?"

가혜의 말에 석기가 씩 웃었다.

"나 너랑 처음이야. 키스도 못 해 봤다고 말하기 싫어서 거짓말한 거라고."

석기는 지난밤 가혜에게 고백 문자를 썼다 지우기를 반복했다. 세 시간 만에 하트를 보낸 게 전부였지만.

"이제 우리 공식적인 커플이다."

가혜가 먼저 새끼손가락을 내밀었다.

"좋아."

둘은 손가락을 걸고 엄지손가락으로 도장을 찍고 손바닥으로 복사한 뒤 그 손을 서로의 가슴에 대고 저장을 마쳤다. 작은 의식이지만 큰 힘이 났다. 둘은 노래방을 나왔다. 가혜는 걸음을 잠시 멈췄다. 햇빛이 자신을 향해 조명처럼 비춰 들었다. 눈부신 빛을 향해 손끝을 길게 뻗었다. 한 뼘쯤 자란 것 같았다.

수영이 서툰 물고기

　5월 내내 지방 곳곳에서 시합이 열렸다. 테니스부는 매주 투어를 다니느라 바빴다. 이번 주에는 국제 테니스 연맹(ITF) 대회가 사흘 동안 이어졌다. 선수들은 아침 일찍 모여 기초 체력 훈련을 했다. 이어 배달된 도시락을 먹고 공고 게시판에 붙은 경기 대진표를 확인했다. 테니스의 경기 방식은 대부분 토너먼트라서 대진표에 따라 계속 이기면 결승까지 올라가지만 한 번 지면 탈락이다. 오늘로 경기는 3일째였고 드디어 8강전이 시작되었다. 대부분 랭킹에 따른 시드를 배정받은 선수들의 경기가 남아 있었다. 오후는 부진한 경기 성적으로 이번 대회에서 12번 시드를 받았다. 10번 아래로 떨어진 건 처음이었다. 이다미는 예상대로 1번 시드를 받았다. 오후는 대진표를 보고는 아랫입술을 깨물었다. 다음 경기 상대가 이다미였다.

"잘하자."

"잘해."

다미의 응원에 오후는 애써 불편함을 감추며 웃었다. 시합은 한 시간 후에 열렸다.

오후는 시진의 경기를 보러 3번 코트로 향했다. 실외 경기장은 총 스물네 개였고, 양쪽으로 열두 개씩 일렬로 붙어 있는 구조였다. 가운데 길목이 길게 이어졌는데 앞쪽 본부석에서 오여사와 장 코치가 심각하게 이야기를 나누는 모습이 보였다. 오후는 그들의 시선에 붙잡히고 싶지 않아 걸음을 빨리했다.

고등학생 선수들은 각자 대중교통을 이용하거나 학교 차량으로 지역 대회에 참가했다. 오후처럼 엄마가 딱 붙어서 따라다니는 경우는 드물었다. 아이들 대부분은 시합이 끝나면 자유롭게 어울려 놀다가 집으로 돌아갔다. 지난주에는 바다와 가까운 도시에서 경기가 열렸다. 시합이 끝나고 서현고 테니스부원들은 바다로 놀러 갔다. 오후는 단톡방에 올라온 사진을 보고 뒤늦게 알았다. 그들은 나란히 서서 바다를 향해 두 팔을 번쩍 들고 활짝 웃고 있었다. 서로 경쟁하던 얼굴과는 완전히 다른 해맑은 모습이었다.

사진 속에는 시진도 있었다. 오후는 두 손가락으로 터치해 화면을 크게 확대시켰다. 시진의 얼굴이 가까이 다가오자 심장이 마구 두근거렸다. 시진이 대놓고 싫다고 말한 이후에도 오후의 마음은 좀체 달라지지 않았다. 오히려 더 시진의 존재가 무한 증식하는 기분이었다. 그래서 수업을 듣다가도, 길을 걷다가도, 테니스 연습을 하다가도, 친구들과 이야기를 나누다가도 정신을 차려 보면 시진 생각에 빠져 있을 때가 많았다.

3번 코트 앞에서 시진과 다미가 이야기를 나누고 있었다. 그날 바닷가에서 둘이 특별히 친해지게 된 걸까? 오후는 마음이 크게 동요하는 걸 느꼈다. "잘해." 시진이 다미에게 툭 내뱉듯 말했다. 그러자 다미가 대답했다. "너도." 복잡한 마음을 애써 감추고 다가간 오후에게 시진은 눈길조차 주지 않았다.

오후는 조용히 관중석으로 갔다. 다미가 뒤따라와 곁에 앉았다. 시진은 코트 라인 밖에서 시합 준비를 했다. 손가락으로 라켓 스트링을 일일이 확인하고는 자리에서 제자리 뛰기를 하며 몸을 풀었다. 어깨를 좌우로 돌리는 동작을 반복하는 모습이 오늘따라 더 차갑게 보였다.

"저기요, 세계적인 테니스 유망주 맞으시죠?"

매점에 다녀온 석기가 가혜에게 키스 젤리를 내밀었다.

"매일 치기는 합니다만."

가혜가 씩 웃었다.

"잠시 후 단식에서 환상적인 샷을 선보일 예정이라던데."

"백핸드를 할 때 러브 샷을 보낼 예정입니다."

둘의 농담에 오후도 다미도 함께 웃었다.

시진이 네트 앞에 섰다. 상대 선수는 상당한 실력자로 봄 시즌에 챔피언으로 인정받은 선배였다. 벌써 힘겨운 싸움을 시작하는 기운이 느껴졌다. 오후는 시진을 응원하는 마음으로 지켜보았다. 시합이 막 시작되려고 할 때였다. 오 여사가 오후를 불러냈다.

"뭐 하니? 가서 장 코치랑 연습해."

"싫어."

"너 이번 게임 무조건 이겨야 해."

오후는 아무런 대답도 하지 않았다.

장 코치는 훈련 중에 툭하면 예뻐서 망한 여자 스포츠 선수들 이야기를 했다. 그런 식의 협박은 들을수록 거북했다. 더참을 수 없는 건 자세를 교정해 준다는 핑계로 오후의 손목을, 어깨를, 허리를, 발목을 거리낌 없이 만질 때였다. 그가 하는 모든 말과 행동을 무조건 훈련으로 받아들여야 하는지 혼란스러웠다.

"다미 집중력 좋은 거 알지? 너, 자주 메디컬 타임 요구해. 몇 번이고 괜찮으니까. 심판 내가 잘 아는 사람이야."

"미쳤어."

"그렇게라도 해야 걔가 정신력이 흔들리지. 안 그러면 너 걔 못 이겨."

오후는 제발, 하고 소리치고 싶었다. 오 여사는 '이번에도 지면 넌 영원한 실패자야.'라고 눈빛으로 말하고 있었다.

"어디 가니?"

오 여사가 오후를 향해 소리쳤다. 오후는 얼굴이 후끈 달아올랐다. "오후야! 오후야!" 그 음성에서 날카로움이 묻어났다. 지나치게 큰 목소리에 주변 사람들이 고개를 돌려 쳐다보았다. 오 여사는 손쉽게 표정을 바꾸고 주변을 향해 입을 한껏 벌려 웃었다. 오후는 뒤돌아보았다가 도망치듯 걷기 시작했다. 어릴 적 오후는 엄마를 자신의 일부처럼 받아들였다. 떨어져 있으면 불안했고 곁에 있으면 모든 게 순조로운 느낌을 받았다. 점수를 따낼 때마다 엄마를 보았고, 엄마는 일어나서 힘껏 박수를 치며 환호했다. 서로에게 의지가 되던 시절로 다시는 돌아갈 수는 없을 터였다.

오후는 목선이 깊게 파인 하얀색 민소매 원피스를 입었다. 짧은 주름치마 속주머니에 예비 공을 넣었다. 맞은편 이다미는 검정 티셔츠에 검정 반바지를 입었다. 다미의 라켓에는 후원 기업의 로고가 새겨져 있다. 오후의 라켓도 마찬가지다. 후원과 관심을 받는 두 선수의 맞대결을 보기 위해 관중석으로 사람들이 모여들었다. "오후 화이팅!" 누군가 관중석에서 외쳤다. "예쁘다, 오후!" 마치 오후의 팬클럽이 응원하러 온 분위기였다.

경기가 시작되었다. 베이스라인에 다미가 어깨너비로 다리를 벌리고 섰다. 어서 공을 넘기라는 듯 허리를 살짝 굽혀 엉덩이를 뒤로 빼고서 스플릿 스텝을 반복했다. 시선은 오후가 던질 공의 방향을 주시했다. 마치 폭탄이라도 날아올 것처럼.

서브를 넣기 위해 오후는 라켓 쥔 손에 힘을 주었다. 서브의 많은 부분은 위장과 속임수 그리고 기습으로 이루어진다. 앞으로 몇 시간 동안 순발력을 발휘해서 힘껏 싸워야 한다. 보여 줄게. 오후는 이겼을 때의 기분을 모르지 않았다. 승리에는 중독성이 있다. 탕!

찰나의 순간 다미는 모든 힘을 포핸드 스윙에 담아 공을 세게 받아 쳤다. 빨리 끝내 줄게. 오후는 몸의 균형을 잘 잡은 후 리듬감 있게 공을 쳐 냈다. 둘의 랠리가 길게 이어졌다.

꼭 받아 내자. 오후가 재빨리 네트 가까이 다가가 앞으로 내민 왼발에 힘을 주어 발리를 성공시켰다. 이번에는 쉽지 않을 거야. 다미가 높은 로브로 공을 멀리 보냈다. 아직 늦지 않았어. 오후는 발 빠르게 뛰어가 공을 받아 쳤다. 공이 직선으로 매트에 꽂히는 완벽한 패싱. 관중석에서 박수와 함성이 터져 나왔다. 오후 승!

다음 서브도 오후가 공을 네트 왼쪽 코너를 향해 멀리 보내 단번에 득점에 성공시켰다. 다미가 라켓 반대쪽 면을 이용해 포핸드 스윙을 시도했지만 긴장한 나머지 공이 네트에 걸리고 말았다. 오후는 연속 포인트를 따냈다. 한 포인트만 따내면 된다. 이걸로 끝이다! 오후는 몸을 옆으로 날려서 빠르게 공을 받아 쳤다. 아웃 될 줄 알았던 공이 라인 안쪽 가까이에 떨어졌다. 운도 함께했다. 결국 첫 세트는 6 대 2로 오후가 가볍게 이겼다.

코트 체인지 타임에 다미가 배가 아프다며 화장실에 다녀오겠다고 요청했다. 심판이 고개를 끄덕이자 다미는 코트 밖으로 나갔다. 하필이면 아침에 생리가 터진 탓이었다. 처음 있는 일도 아닌데 이걸 핑계 삼고 싶지는 않았다. 상대가 오후라서 괜히 긴장한 탓일까. 함께 훈련하다 보면 많은 것을 알게 된다. 오후의 슬럼프가 길어지고 있다는 것과 동시에 그 아이가 가진 진짜 재능을. 사람들이 안타까워하는 이유도 단순히 오후의 유명세 때문이 아니다. 노력으로는 절대 되지 않는 타고

난 감각을 그들도 알아본 거다.

훈련이 끝나면 가혜는 항상 둘을 붙잡았다. 한쪽 팔로는 다미를 또 다른 팔로는 오후를 끌어당겨 안았다. 가운데 자리에 가혜를 두고서 셋은 나란히 붙어 다녔다. 셋 중 한 사람이 생리를 시작하면 빨강은 떡볶이지, 하고 외치며 괜히 들떠서 함께 떡볶이를 먹으러 갔다. 하지만 어쩌다 가혜가 빠진 자리에서는 다미와 오후 둘 다 말이 없었다. 다미는 오후가 싫거나 불편한 건 아니었다. 다만 자신과는 다른 부류처럼 느껴졌다.

다미가 보기에 오후는 누구에게나 친절했다. 싫은 소리를 하지 않았고, 누군가 새로운 옷을 입거나 머리 스타일을 조금만 바꿔도 제일 먼저 칭찬해 주었다. 누구에게나 좋은 사람으로 보이고 싶어 하는 오후 곁에 있다 보면 다미는 자신이 묘하게 나쁜 사람이 되는 기분이었다. 자신은 마치 타인에게 무관심하고 배려 없는 사람처럼 보였다.

다미는 테니스를 배우게 되면서 비로소 자신이 마음에 들었다. 누구도 관심 가져 주지 않는 자신에게 스스로 관심을 주었다. 열세 살에 국제 주니어 선수권 대회에서 첫 승리를 했다. 모두가 다미를 떠오르는 신예 선수로 주목했다. 다미는 한번 승리의 기쁨을 맛보자 놓치고 싶지 않았다. 불안할수록 연습에 악착같이 매달렸다. 매일 하루의 연습량을 정해 놓고 반드시 해냈다. 하루의 시간을 조금도 허투루 쓰지 않았다. 자동 연습 기계에서 튕겨 나오는 공을 치고 또 쳤다. 비가 와서 연습량을 채우지 못하면 예민해졌다. 자신이 정한 기준을 채워야만 비로소 안정감을 느꼈다. 무엇보다 정신력을 기르기 위해 자기 자신의 감정에 항상 집중했다. 그렇게 얻은 1등 자리인데 왜 오후 앞에서는 빛을 내지 못하는 걸까? 관중석의 많은 사람이 자신이 아닌 오후가 이기기를 바라며 열렬히 응원하는 것만 같았다.

다시 게임이 시작되었을 때 다미는 눈가에 바짝 힘을 주었다. 평소 연습한 대로만 하면 된다. 서브를 넣고 열심히 뛰고. 높은 공에 대비하고 낮은 공에 대비하고. 더 노력하면 될 거야. 다미는 자신의 노력을 의심하고 싶지 않았다. 그건 결국 자신을 의심하는 일이니까.

악! 다미는 기합을 내질렀다. 짧게 날아오는 공을 보며 자세를 낮춰 몸의 중심을 잡고 기다렸다가 점프하여 찍어 누르듯 공격했다. 다음은 예상치 못한 방향에서 오는 공을 향해 슬라이딩하여 받아 쳤다. 악! 이번에도 역시 비명에 가깝게 소리쳤다. 결코 지지 않겠다는 의지로 기합을 외치며 눈과 발로는 계속 공을 쫓았다. 양다리 사이로 휙 지나가는 공도 놓치지 않았다.

다미는 랠리를 길게 가져가기보다 빠른 템포로 공격하는 걸 좋아했다. 공을 멀리 보내 상대를 베이스라인 밖으로 밀어

낸 후, 네트 가까이 공을 떨어뜨리는 드롭 샷을 즐겼다. 드롭 샷에 성공하기 위해서는 오후를 크게 흔들어 놓아야 했다. 다미는 오후를 최대한 네트 멀리 보냈다. 오후가 체력적으로 힘들어하는 모습이 역력했다. 한발 타이밍 늦은 공이 저편에서 불안한 궤도로 날아왔다. 다미는 그저 가볍게 툭 쳐 냈다. 오후가 달려왔다. 라켓에 미처 닿기도 전에 공은 발 앞에 떨어졌다. 허탈한 표정으로 오후가 공을 바라보고 서 있자 심판이 게임 종료 선언을 했다. 두 번째 세트는 6 대 1로 다미의 승리였다.

마지막 세트였다. 압박이니 부담이니 하는 말 따위는 변명이다. 게임은 지거나 이기거나 둘 중 하나다. 오후는 지쳐 가는 마음을 애써 붙잡았다. 관중석으로 슬쩍 눈길을 돌렸다. 자신을 지켜보는 오 여사의 초조한 얼굴이 눈에 들어왔다. 오후는 숨을 깊게 들이마시고 집중했다. 그러고는 첫 서브를 깔끔하게 성공시키면서 단번에 점수를 따냈다.

상대 서브를 빼앗아야 이길 수 있다. 브레이크를 걸어야 해. 다미가 서브를 넣을 때 오후는 되뇌었다. 다미는 누구보다 체력이 좋았다. 게임이 길어지면 체력적으로 약한 오후에게 불리했다. 그러나 다미는 집요했다. 포기를 모른다. 계속 다시 일어선다. 공을 향해 빠르게 뛰었지만 오후가 한발 늦었다. 기다리지 않고 미리 쳐 냈어야 했어. 오후는 라켓을 허공에 휘두르며 속상해했다. 허리를 숙인 채 숨을 몰아쉬었다. 다시 재정비하고 쉼 없이 스플릿 스텝을 반복했다.

다미가 서브에서 실점을 내면서 40 대 40 듀스가 되었다. 두 번 연속 포인트를 따내야 승리다. 다미의 백핸드가 코트에 그대로 꽂히면서 먼저 한 포인트를 가져갔다. 그러나 오후가 바로 백핸드 발리로 갚아 주면서 다시 동점이 되었다. 다미가 순간적으로 방향을 바꿔 날카로운 포핸드로 공을 받아 쳤다. 타당! 오후가 드롭 샷으로 맞대응했다. 다미가 한 점을 따고 이어 오후가 다시 한 점을 따내면서 또다시 듀스. 반복되는 맞대결에 관중들은 숨을 죽였다.

다미는 경기장을 누비며 쩌렁쩌렁하게 기합을 외쳤다. 날카로운 스트로크를 날려 오후를 좌우로 많이 움직이도록 유도했다. 발을 더 빨리 움직여서 경기의 주도권을 계속 잡아 갔다. 한 방의 스매싱으로 점수를 따냈다. 분위기가 다시 다미 쪽으로 역전되었다.

정신 차리자. 공의 방향을 읽어 내야 해. 오후는 정면으로 빠르게 달려들어 뒷발과 앞발을 교차하며 공이 떨어지는 위치를 찾기 위해 노력했다. 순발력을 발휘해서 끝까지 싸워야 하는데 오후는 자신도 모르게 뒤로 물러났다. 중요한 순간 이기지 못할 거라는 두려움이 몰려왔다. 아무리 노력해도 안 될 것 같은 마음이 몸을 따라주지 않았다. 결국 실점을 하고 말았다. 오후는 멈춰 서서 두 손으로 무릎을 짚고서 가쁜 숨을 내쉬었다. 연이은 실수로 집중력이 무너지면서 게임 종료가 선언되었다. 오후는 고개를 수그렸다. 맞은편 코트에서 다미도 거칠게 숨을 내쉬었다.

오후는 수건으로 얼굴의 땀을 닦고는 먼저 경기장을 나갔다. 주차장으로 가는 길에 양쪽으로 늘어선 코트를 지났다. 탕, 탕. 우승을 위해 한 점 한 점 따내는 소리가 들려왔다. 악착같이 공을 향해 달려들어 공격하고 상대의 공을 막아 내는 소리였다.

오후는 단단히 화가 난 표정으로 앞장서 걸어가는 오 여사의 등에 시선을 두고서 힘없이 걸었다. 뒤편에서 오후를 부르는 소리가 들려왔다. 가혜는 오 여사를 향해 애원하듯 말했다.

"후랑 10분만 있게 해 주세요. 다른 애들은 오늘 저녁에 모여서 짜장면 먹기로 했는데 후는 거기도 못 가잖아요."

오 여사가 이맛살을 찌푸리며 고개를 끄덕였다.

가혜가 오후의 어깨를 감싸안았다. 둘은 자판기 앞으로 가서 캔을 하나씩 뽑았다.

"잘했어. 너 오늘 게임 대단했어."

가혜가 오후의 눈을 지그시 바라보았다. 오후는 대답 대신 음료를 입으로 가져갔다. 레몬 맛의 달콤함이 입안 가득 퍼졌다.

"끔찍했어."

뜻밖에도 솔직한 말이 오후의 입에서 튀어나왔다. 가혜는 이해한다는 눈빛을 보내며 "아니야, 잘했어."라고 다시 강조했다. 오후는 이번에는 고개를 뒤로 젖히고 음료를 단숨에 마셨다. 다미라서 힘들었지만 분명 오랜만에 집중해서 치른 경기였다.

"시진이는 이겼어?"

한결 밝아진 목소리로 오후가 물었다.

"이기긴 했는데 평소와 좀 달랐어. 시진이 무릎이 많이 안 좋아 보이더라. 결승에서는 쉽지 않을 것 같아."

가혜의 말에 오후는 속상했다. 들키지 않기 위해 얼른 말을 돌렸다.

"넌 경기 언제 시작해?"

"한 시간 후. 너도 경기 다 마칠 때까지 함께 있으면 좋을 텐데. 다음에는 엄마에게 따로 가겠다고 말해 봐."

"협찬받은 거 인증 사진 찍어서 업체에 보내 주려고 오는 거라."

오후는 오 여사를 위해 변명을 늘어놓았다. 그래야 자신이 덜 초라하게 느껴졌다.

시진의 경기는 11번 코트에서 열렸다. 오후는 보고 싶은 마음이 굴뚝같았다. 자신은 졌지만 남아서 가혜도 응원하고 싶었다. 다미에게 남은 경기 잘하라는 말 정도는 해 줄 수 있었는데…….

"곧 석기랑 미르 복식 결승전도 해."

"석기는 단식보다 복식에 확실히 강하더라."

"맞아. 복식에서는 미르랑 시진보다 더 펄펄 날아오르지. 팀을 이루는 게 체질적으로 잘 맞나 봐. 부담이 반으로 줄어서 그런가."

"넌 지고 있을 때 어떤 기분이야?"

오후는 가혜를 향해 불쑥 물었다.

"갑자기 재미가 없어지지."

가혜스러운 대답에 오후는 웃음이 났다. 가혜가 어깨를 으쓱하더니 말을 이었다.

"부담감이 가장 큰 문제 같아."

가혜는 오후가 경기장에서 자연스럽게 행동하기를 바랐다.

오늘 오후는 눈가에 바짝 힘을 주고 입술을 앙다물며 집중하려고 애썼지만 결국 자신을 신뢰하지 못한다는 것을 상대에게 노출한 셈이었다. 가혜는 오후가 감정 조절만 잘한다면 자신의 능력을 한껏 발휘할 수 있을 거라 믿었다. 하지만 쉽게 말할 수는 없었다. 자신 역시 크게 다르지 않으니까. 모든 것을 오후에게 해내라고 말할 수는 없었다.

"너 풀미역치라는 물고기 알아?"

오후의 뜬금없는 질문에 가혜는 고개를 내저었다. 그러나 곧 핸드폰을 터치해 검색했다.

"등에 가시 같은 게 달려 있네."

"풀미역치 중 어떤 물고기는 허리가 휘어서 중심을 잘 못 잡는데."

"그래서?"

"중심을 잘 못 잡으니까 수영이 서툴대."

"물고기가 수영이 서툴다고? 상상하니까 좀 웃기다. 그럼 어떻게 살아?"

"잘 살아. 최소한만 이동하면서 아주 잘."

"녀석 똑똑하네. 신체 능력을 극복할 방법은 다 있다니까."

"또 위장이 가능해서 잘 숨는대."

"위장까지?"

"그 풀미역치가 꼭 나 같아. 테니스 선수인데 테니스를 못 하니까. 그런데 유튜브에서는 여전히 테니스 스타니까 나도 위장술을 부리는 거지."

오후의 솔직한 말에 가혜는 잠시 할 말을 찾지 못했다.

"한번 흐름이 어긋나기 시작하면 그때부턴 집중력을 잃어 버려. 통제가 안 되고 스스로 자괴감만 들어."

"오늘 게임도 그랬어?"

"세 번째 게임 서브에서 실점하면서부터."

가혜는 오후의 고민이 자신의 것 같았다. 자기 자신을 이 기는 방법을 아는 사람이 있을까. 테니스 게임은 정신 훈련이 가장 중요했다. 오후를 위해 무슨 말이라도 하고 싶었다.

"너의 모든 경험이 도움이 될 거야. 우리 그렇게 믿자. 그 래야 다음을 또 준비하지."

"고마워. 너에게 말하고 나니까 기분이 좀 나아졌어."

오후는 이제 돌아가는 차 안에서 오 여사의 짜증도 견딜 수 있을 것 같았다.

"꼭 우승하고 돌아와. 응원할게."

오후가 말했다. 가혜는 경기장을 향해 힘차게 뛰어갔다.

너는 내가 알아

오 여사의 핸드폰이 울렸다. 테니스 잡지사 기자였다.

"가방은 여기 두고 가실 건가요?"

오 여사는 전화기에 대고 물으며 오후를 향해 눈을 찡긋했다. 누가 듣더라도 가방을 공짜로 얻고 싶어 한다는 것을 뻔히 드러내는 말이었다. 업체 쪽에 문의해 보겠다는 기자의 목소리가 수화기 저편에서 들려왔다.

"보셔서 아시겠지만 아무 가방이나 우리 후에게 어울리지는 않죠."

오 여사의 저런 말에는 이제 익숙해져서 오후는 민망하지 않았다. 하지만 "네, 네. 그렇죠." 하는 기자의 음성에서는 약간의 곤란함이 느껴졌다. 계산적인 말이 오 여사의 입에서 술술

풀려 나오는 동안 오후는 숨이 막혔다.

전화를 끊고 난 뒤 오 여사는 애정 어린 눈길로 자신의 주방을 스캔하듯 둘러보았다. 서른두 평, 완벽하게 꾸며 놓은 집을 바라보는 표정은 매서우면서도 감탄에 차 있었다. 싱크대 서랍장은 생기 넘치는 주황빛 코랄 색상으로 새롭게 바꾸었다. 손잡이는 금빛 장식으로 고급스러운 느낌을 연출했다. 싱크대 위쪽은 서랍장 대신 깔끔하고 단정한 화이트 컬러의 타일을 그대로 두었다.

작년부터 오 여사는 온라인으로 인테리어 사업을 시작했다. '오후의 집'은 시즌별로 직접 디자인한 식탁을 판매했다. 지난 시즌 식탁이 크게 히트를 쳤다. 매 시즌 눈이 반짝 뜨일 만큼 예쁘고 비싼 식탁을 파는 게 오 여사의 목표였다.

"나 배고파."

"시켜 먹자."

"오늘은 따뜻한 밥 먹고 싶어. 미역국이나 갈비찜 같은 김이 모락모락 나는 제대로 된 음식 말이야."

"이 아름다운 주방에서 어떻게 요리를 하니?"

"나는 이케아 매장 쇼룸에 살고 싶지 않아. 그리고 운동선수는 잘 먹어야 한다고."

"기다려."

"또 시키려고?"

"전문가에게 맡기는 거지."

"그럼 밥이라도 좀 해 줘."

"넌 어린것이 맨날 집밥 타령이니. 알았어. 반찬이랑 국은 주문하고 밥은 할게."

오 여사는 한숨을 내쉬더니 쌀을 대충 씻어서 전기밥통에 넣고는, 곧장 거실 책상에 앉아 노트북 화면으로 판매량을 확인했다. '오후의 집'은 하루도 쉬는 날이 없었다. 오 여사는 발송해야 할 물량을 확인하고 업체와 통화를 시작했다. 업체 사장이 바로 눈앞에 있는 것도 아닌데 오 여사는 연신 고개를 끄덕이며 하하 호호 웃었다. 그러고는 자신이 디자인한 식탁 제작이 가능한지 물었다. 날짜 협의가 끝나자 가격 협상이 지루하게 이어졌다. 전화를 끊고는 바로 다른 업체와 통화를 했다. 일요일에도 오 여사는 정신이 없었다.

가족이라고 하기에는 단출한 두 식구. 집 안에서 둘은 서로를 건드리지 않으려는 듯 조용히 지내는 편이었다. 오후는 밥이 되기를 기다리며 거실에 가만히 앉아 있었다. 창가로 햇빛이 사선을 그으며 들어왔다. 무릎을 모으고 앉아 발끝에 닿은 볕을 응시했다. 이사를 자주 다니다 3년 전, 처음 아파트를 장만했다. 오 여사는 은행에 빚을 많이 졌다고 앓는 소리를 자주 했다. 악착같이 돈을 버는 엄마가 있어서 자신이 많은 것을 손쉽게 얻고 있다는 생각을 하지 않는 건 아니었다. 그렇지만 협찬에 중독된 사람처럼 무언가를 더 뜯어내려고 하는 모습을 볼 때마다 부끄러웠다.

밥통에서 쉭쉭 김 빠지는 소리가 기운차게 들려왔다. 동시에 벨 소리가 울리고 배달시킨 음식이 도착했다. 오후는 자리에서 벌떡 일어났다.

오 여사는 예쁜 그릇에 반찬과 밥과 국을 옮겨 담았다. 어김없이 사진을 여러 장 찍기 시작했다. 곧바로 피드에 올리고 글을 달았다. 마치 딸을 위해 자신이 직접 준비한 것처럼 보이려고 애를 썼다.

"너도 계정 관리 좀 해."

"싫어."

"일상 브이로그 좀 올려 봐. 친구들이랑 노는 거 올리면 자연스럽고 좋잖아."

"밥 먹을래."

"신문지 깔고 저기 앉아."

오 여사가 손으로 가리킨 곳은 거실 바닥이었다.

"멀쩡한 식탁 두고 왜?"

"식탁에 상처 나잖아."

오후는 바닥에 신문지 네 장을 펼쳤다. 가부좌를 틀고 앉았다. 기분은 상했지만 먹어야 했다. 한술 떴는데 그새 밥이 식어 있었다.

"다시 퍼 올래."

오후는 밥공기를 들고 주방으로 향했다.

"유학 가자."

오 여사가 말했다.

잘못 들었나? 오후가 물을 마시려고 싱크대로 다가가자 오 여사가 다급하게 외쳤다.

"거기 와인 잔 조심해, 비싼 거야."

정수기 옆에 잘 닦아 놓은 크리스털 잔이 보였다. 오후는 그 잔에 찬물을 따라 벌컥벌컥 마셨다. 급히 마시는 바람에 티셔츠에 흘러내렸다. 하지만 상관하지 않았다.

"돈 있어?"

"후원받아야지."

"설마 그게 다 공짜라고 생각해?"

"네가 갚아야지."

"그러니까 그게 쉽냐고."

"뭐가 어려워. 그들은 너에게 옷 주고 돈 주고, 너는 그거

입고 텔레비전에 나오고. 내가 다 그렇게 만들어 놨잖아."

"어림없어. 최근 내 성적 알잖아."

"그러니까 유학 가자고. 테니스 다시 잘해야지."

"학교는 어떻게 하고?"

"다 말해 놨어."

"왜 나랑 상의도 없이 결정해?"

"이게 상의할 문제야? 네가 널 도와주고 있는데. 다 너 잘
되라고."

"나 안 가."

"안 가면? 너 인생 끝나."

"누가 인생 끝낸대? 왜 나랑 상의도 없이 멋대로 해."

"엄만 너보다 너를 더 잘 알아. 너는 나 닮아서 환경 바꾸면
다 해결돼. 사람은 큰물에서 놀아야 해. 한국은 너무 작아. 가
면 열심히 하게 돼 있어. 너란 애는 그래. 넌 나에게 고마워하
게 될 거고."

"열심히 안 하면 어쩌려고. 오 여사가 어떻게 알아?"

"이제까지 너를 쭉 봐 왔으니까 알지."

"남의 돈 받는 거 제발 안 하고 싶어. 우리가 거지야?"

"돈 주는 그들 처지에서 보면 거지지. 근데 그들 돈은 우리
아니라도 누구에게든 흘러가게 되어 있어. 그러니까 너만 성

공하면 돼."

기가 찼다. 오후는 협찬을 받으면 마음이 늘 무거웠다. 잘 해내고 싶지만 잘 해내지 못할까 봐 두려웠다. 자신을 믿어 주는 사람들의 기대를 배신하면서 살고 싶지는 않았다.

"나 이용해서 돈 버니까 좋아?"

복잡한 머릿속에서 튀어나온 말은 의외로 단순한 물음이었다. 그러나 오 여사는 업무용 노트북만 집중해서 바라볼 뿐 오후의 말에는 신경조차 쓰지 않았다. 오후가 노트북 뚜껑을 탁, 하고 닫았다. 그제야 오 여사가 고개를 들어 매섭게 노려보았다. 오후가 무언가를 더 말하려는 순간이었다. 오 여사가 둥근 모양의 마우스를 오후의 얼굴에 그대로 집어 던졌다. 오후는 맞아서 아프기보다 기분이 나빴다.

"내가 너 같은 걸 키우기 위해 내 인생 다 포기한 줄 알아."

항상 이런 식이었다. 오 여사는 모든 것을 오후에게로 돌렸다. 오후의 눈에 오 여사가 끔찍이 아끼는 크리스털 잔이 들어왔다. 한 대 맞았으니 복수를 해야 마땅했다. 유리잔을 들어 그대로 바닥에 떨어뜨렸다. 오 여사의 입에서 비명이 터져 나왔다.

오후는 깨진 유리잔을 그대로 방치한 채 방으로 향했다. 침대에 털썩 드러누웠다. 이불을 머리끝까지 뒤집어썼다. 세상이 망하고 테니스가 없어지면 내가 행복해질까? 모르겠다. 오 여사와의 싸움은 늘 맹렬하고 폭발적이다. 오후 자신도 모르게 공격적으로 변해서 가장 독한 말을 골랐다. 무언가를 활활 불태우는 심정이 되었다.

홍분된 감정이 가라앉자 이번에는 철저히 혼자가 된 기분이었다. 혼자라는 건 위로해 줄 상대가 없다는 뜻이다. 위로받을 상대가 없다면 스스로 자신을 위로해야 했다. 오후는 핸드폰에 저장된 시진의 사진을 보았다. 옅게 웃는 모습을 보고 또 봤다. '너도 힘드니? 그래도 엄마에게 화풀이나 하는 못난 나와는 다르겠지. 나와 다른 너를 보는 게 더 행복해.' 오후는 마음속으로 계속 혼잣말을 했다. '너를 생각하면 모든 심각한 것들이 아득히 멀어져.' 오후는 나1도 나2도 아닌 다른 '나'를 만나고 싶었다. 자신도 몰랐던 그런 '나'가 있어서 이 순간을 위로해 주기를 간절히 바랐다.

세상이 괴물처럼 보여

　의사는 시진에게 냉동 치료를 권했다. 빨리 나을 수 있다는 말에 묵묵히 치료를 받았다. 한 시간 넘게 물리 치료를 받고 나와서 수납을 할 때였다. 간호사의 말을 잘못 알아들은 줄 알았다. 간호사는 오늘 치료비가 9만 원이라고 했다. 앞으로 여섯 번을 더 치료받아야 한다는 말도 덧붙였다. 그 자리에서 시진은 얼어붙었다. 통증을 빠르게 없애기 위해 그렇게 큰돈을 써야 한다니? 왜 간호사는 치료비를 먼저 말해 주지 않았지? 만약에 다음에 오지 않으면 어떻게 될까? 배달로 모은 돈을 몽땅 치료비에 쓰라고? 병원을 나오면서 오직 억울한 마음뿐이었다.

　밤에도 쉽게 잠들지 못했다. 평소 잠들기 전 테니스 용품

쇼핑몰에 출석 도장을 찍었다. 클릭 한 번으로 50원이 적립되었다. 매일 양치질하듯 어느새 습관이 되었다. 하지만 오늘 밤은 그런 습관이 자신을 더 비참하게 만들었다. 훈련이 끝나고 친구들과 어울리지도 못하고, 편의점에서 500원이 모자라서 결국 크림이 들어 있지 않은 빵을 사 먹어야 하는 현실이 버거웠다.

벽으로 돌아누웠다. 눈을 감자 고향에서 보았던 아버지 모습이 떠올랐다. 시진이 일곱 살 때였다. 마을의 야트막한 언덕에 천 년 된 당산나무가 있었다. 길이 새로 뚫리면서 그 나무는 베일 위기에 처했다. 공사를 진행하는 사람들은 그 나무를 베겠다고 했고 마을 사람들은 힘을 모아 적극적으로 반대하고 나섰다. 양쪽 기세가 만만치 않았다. 말싸움은 점점 몸싸움으로 변했다. 결국 화를 참지 못하고 아버지가 나무에 올라갔다. 그리고 이틀 동안 내려오지 않았다. 어린 시진은 나무 아래를 떠날 수 없었다. 울고 있는 시진에게 엄마는 검은 봉지에 물과 주먹밥을 담아 허리춤에 묶어 주었다. 시진은 나무를 타고 올라갔다. 검은 봉지를 건네주자 아버지는 마을이 한눈에 보이는 명당자리에서 잠시 쉬는 거라고 말했다.

시진은 꿈을 잃어버린 한 남자를 생각하느라 잠이 오지 않았다. 아버지는 탁구 선수였다. 그러나 가족을 먹여 살리기 위해 많은 시간을 공사장에서 보냈다. 그러다 사고를 당했고 탁구 선수를 영원히 포기했다. 지금의 아버지는 왼 다리에 철심을 박아서 체중을 오른쪽으로 실어 기우뚱하게 걸었다. 날렵했던 모습은 온데간데없이 사라져 버렸다.

4년 전이었다. 공사장에서 아버지가 사고를 당하기 전날, 동료의 추락 사고가 먼저 있었다. 그날 동료가 병원에 실려 간 후에도 공장은 멈추지 않았고 공사장 인부들은 전과 다름없이 일하고 퇴근했다. 그건 아버지도 마찬가지였다. 다음 날 건설사 사장이 방문해서 현장을 둘러보았다. 점검 중에 난데없이 축대 벽에서 철근이 떨어지는 사고가 또다시 발생했다. 근처에서 일하던 아버지가 사장을 구해 주었다. 사장은 무사했지만 아버지는 일어나지 못했다. 이후 다리에 인공 뼈를 심는 수술을 여러 번 해야 했다. 아버지가 입원해 있는 동안 회사는 아버지를 퇴사 처리했다. 그리고 모든 책임과 잘못을 아버지에게 돌렸다. 아버지가 다치기 전 죽은 동료 역시 억울한 산재 사고였지만 회사는 그 역시 보상해 주지 않았다. 그때부터 아버지는 완전히 달라졌다.

이제 아버지는 노동 현장에서 어려움을 겪는 노동자들과 함께 싸우고 있다. 3년 전에는 혼자서 타워 크레인에 올라 고공 시위를 했다. 위험을 무릅쓰고 싸우는 아버지 때문에 식당에서 일하는 엄마는 늘 마음을 졸였다. 하지만 아버지가 하는 일이 옳다는 걸 알았다. 아버지는 장애인이 되었지만 누구에게도 아직 사과받지 못했다.

작년에 젊은 다큐멘터리 감독이 아버지의 이야기를 영상으로 제작해서 텔레비전에 방영했다. 그 후 건설사는 회사 이미지를 실추시키고 이익에 타격을 주었다며 아버지를 명예 훼손으로 고소했다. 그 일은 지금까지도 법정 공방으로 이어지고 있다. 기업은 아버지를 눈엣가시로 여기고 계속 주시하고 있다. 온갖 다양한 방법을 동원해 아버지를 압박해 왔다. 시진이 시골에 있었을 때 검은 양복을 입은 사람들이 마을을 자주 어슬렁거렸다. 한 덩치 하는 그들은 괜히 마을 사람들에게 시비를 걸며 공포심을 주었다. 길바닥에 함부로 침을 뱉었고 논밭으로 담배꽁초를 집어 던졌다. 시진의 가족은 마을 사람들이 불편하지 않도록 잠시 고향을 떠나기로 결정했다. 그래서 시진이 서울로 올라올 때 엄마와 아빠도 각자 다른 지방으로 흩어졌다.

시진은 밤새 뒤척이다 깨어났다. 여름 방학이라 새벽부터 훈련을 시작했다. 혼자서 운동장을 돌고 학교 체육관에서 기초 체력 훈련을 한 뒤 자동 연습 기계를 이용해 공을 쳤다. 오

전 운동을 끝냈을 때 오늘은 아버지를 만나야겠다고 결심했다. 어젯밤 아버지 관련 기사를 검색하다 임금을 받지 못한 건설 노동자들이 한강 공원에 모여 삭발 시위를 한다는 정보를 발견했다. 이제 아버지에게 파업과 시위는 선택의 문제가 아니라 생존의 문제였다. 살아남기 위해 벌이지 않으면 안 되는 투쟁이었다.

시진은 샤워를 하고 공원으로 향했다. 볕이 뜨거운 한낮이었다. 겨드랑이에 땀이 찼다. 사람들은 주로 강가 그늘에 앉아 있었다. 한참을 걷다 보니 광장 쪽에서 확성기를 타고 들려오는 소리가 익숙했다. 아버지의 목소리에는 여전히 힘이 실려 있었다.

가까이 다가가니 서른 명도 채 모여 있지 않았다. 그들이 외치는 구호 소리에 나들이 나온 사람들은 인상을 쓰며 이내 자리를 떠났다. 몇몇만 발걸음을 멈췄다. 사람들의 차가운 외면 속에서 아버지는 집중해 달라고 외쳤다.

시진은 시위 대열 중간에 자리를 잡고 앉았다. 잠시 후 북소리와 함께 삭발식이 진행되었다. 언젠가 아버지는 삭발이든 고공 시위든 뭐라도 해야 그나마 기자들이 모이고 사람들이 관심을 보인다고 하소연했다. 그러니 오늘도 아버지는 머리를 밀고 싶어서 미는 게 아닐 것이다. 오직 사람들이 연대해 주기를 바라는 마음에서 앞장서고 있을 뿐. 아버지를 포함한 다섯 명이 함께 삭발 의식에 동참했다. 카메라 기자 두 명이 그들을 촬영했다.

삭발 의식은 그들의 비장한 마음이 무색할 정도로 빨리 끝났다. 기자들은 짧은 인터뷰를 마치고 급히 사라졌다. 관심을 보였던 시민들도 흩어졌다. 아버지와 동료들은 남아서 쓰레기를 줍고 자리를 정리했다. 짧게 깎은 머리만 결단의 상징처럼 보일 뿐 달라진 것은 아무것도 없었다. 아버지가 나무 아래에 서 있는 시진을 알아보았다. 뻘쭘한 듯 손으로 민머리를 매만지며 다가왔다.

"잘 어울려요."

"밥은 먹었냐?"

일곱 달 만이었다. 둘은 잠시 침묵했다.

아버지는 시진을 데리고 뼈해장국집으로 향했다. 식당에는 손님이 없었다. 주인 혼자 자리를 지키고 앉아 벽에 걸린 텔레비전을 보다 냉큼 일어났다.

음식이 나오자 아버지는 돼지 등뼈에 붙은 살을 발라내어 시진의 앞접시에 올려 주었다.

"살이 많구나."

"아버지도 드세요. 더 마르셨어요."

"운동선수가 잘 먹어야지."

"잘 먹고 있어요."

시진은 급식에 뭐가 나오는지 한참을 떠들었다. 아버지는 숟가락으로 뜨거운 국물을 떠먹으며 시진의 말에 묵묵히 귀를 기울였다.

식당 주인이 텔레비전을 보고 있다 갑자기 웃음을 터뜨렸다. 연예인들이 외국에 가서 다양한 경험을 하는 프로그램이었다. 주인의 눈이 시진과 마주쳤다. 재미있지 않냐고 동의를 구하는 표정에 시진도 엷게 따라 웃었다. 아버지는 줄곧 고개를 들지 않았다. 그러다 문득 숟가락을 내려놓으며 물었다.

"시진아, 왜 아무도 너를 후원해 주지 않는 거냐?"

"갑자기 왜 그러세요."

"나 때문이냐?"

"별걱정을 다한다. 내년 봄에 윔블던만 가면 서로 후원하겠다고 줄을 설걸요. 전 꼭 우승할 거예요."

"코치가 연락했더라."

"뭐라고 해요?"

"미안하다. 다른 부모들처럼 경기장에 응원도 못 가 보고."

"그게 무슨 소리예요. 아버지도 잘 알잖아요. 운동은 누가 대신해 주는 게 아니라 자기 혼자만의 싸움이라는 거."

"시대가 달라졌다."

"그렇다고 부모가 라켓 들고 대신 싸워 주는 건 아니죠."

"자식 앞길은 막지 말아야지."

"세상 안 무서운 사람이 왜 그래요?"

"아들은 무섭다."

"건강만 잘 챙기세요."

"요즘은 껍데기만 남은 기분이 든다."

아버지는 밥을 다 먹지 못하고 숟가락을 내려놓았다.

"아버지가 그러셨잖아요. 아버지가 요구하는 것은 아주 작은 것들이라고. 그런데 그조차 들어주지 않으니까 해 볼 수 있을 때까지 하는 거라고. 그럼 끝까지 하세요. 아버지는 계속 아버지 방식대로 싸우세요. 저는 제 방식으로 할게요."

시진은 자신의 공이 완벽해질 때까지 백만 번도 더 연습할 수 있었다. 지치지 않고 해내는 것이 자신의 방식이었다. 테니스는 절대 노력을 배신하지 않을 것이다.

식당을 나오자 두 사람은 딱히 갈 곳이 없었다.

"건강 잘 챙겨라."

시진은 벌써 헤어지고 싶지 않았다. 가만히 서 있는데 아버지가 다시 말했다.

"가라."

시진은 고개를 들어 아버지를 보았다. 눈이 마주친 순간 아버지의 눈빛에서 딱딱하게 굳어 버린 무언가를 본 것 같았다. 아버지가 먼저 등을 돌렸다. 시진은 아버지의 뒷모습에서 눈을 뗄 수 없었다. 온갖 증오와 슬픔이 뭉쳐져서 다정한 말조차 쉽게 나오지 않는 사람. 불편한 왼 다리 때문에 아버지는 걸음을 옮길 때마다 몸이 기울어졌다.

아버지에게 세상은 커다란 괴물처럼 보일까? 언제든 아버지를 잡아먹으려고 하는 괴물.

시진은 "아버지." 하고 힘껏 불렀다. 아버지가 뒤돌아섰다. 아직 그대로 서 있는 시진을 보며 한 손을 살짝 들어 올렸다. 시진이 양손을 저으며 활짝 웃어 보였다. 아버지는 쉽게 먹히지 않을 것이다. 끝까지 싸울 것이다. 아버지가 엷게 미소를 보냈다.

아버지와 헤어지고 시진은 분수대 쪽으로 향했다. 공원은 학교와 가까웠다. 1학기가 끝나고 반 아이들은 이곳에서 단합 대회를 했다. 시진은 내색하지 않았지만 함께하지 못해 속상했다. 때로는 훈련과 아르바이트 모두 내팽개치고 실컷 놀고 싶었다. 주변을 둘러보니 데이트를 나온 연인과 가족들이 나무 아래 돗자리를 펴 놓고 앉아 있었다.

시진도 여유를 즐기고 싶은 마음에 강변에 설치된 그네 의자에 가 앉았다. 하늘에 시선을 두었다가 강 저편을 보았다. 두 발로 그네를 힘껏 굴려 보았다. 하지만 가슴이 트일 것 같은 여유는 잠시뿐. 정해진 훈련이 있는 것도 아닌데 연습에 벌써 늦은 기분이 들었다. 시간을 낭비하고 있다는 죄책감이 몰려왔다. 어서 테니스장으로 돌아가 연습해야지. 자리에서 일어났다. 멀리 시선을 옮기자 아는 얼굴이 보였다. 오후가 트랙을 따라 달리다 시진을 향해 뛰어왔다.

"어, 여기서 만나네. 뭐 하고 있어?"

오후는 이마에 땀을 닦으며 물었다. 방학이라서 더 반가웠다.

"아버지 만나러."

"만났어?"

시진은 가만히 고개를 끄덕였다.

"뭐 했어? 아, 미안. 내가 괜한 걸 물었지?"

"점심 먹었어."

"그렇구나. 아빠랑 둘이 있으면 뭐 할지 궁금해서 물어봤어. 난 아빠가 없거든."

시진은 아빠가 없다는 사실을 대수롭지 않게 말하는 오후의 모습에 놀랐다. 어떻게 반응해야 할지 몰라 가만히 있는데 오후가 어깨를 으쓱하며 밝은 목소리로 덧붙였다.

"태어날 때부터 없어서 괜찮아. 그리고 내 방송 보는 사람들은 다 아는 사실이야."

그때 갑자기 강렬한 볕이 오후의 얼굴에 들었다. 오후는 손차양을 만들며 시진을 올려다보았다. 이대로 헤어지고 싶지 않았다.

"좀 앉을래?"

둘은 강을 바라보며 의자에 나란히 앉았다.

"도망가니?"

오후가 입을 샐쭉거렸다.

"미안."

의자 끝에 앉으려던 시진이 오후 가까이로 몸을 당겨 앉았다.

"그러면 내가 더 비참하지."

말은 그렇게 하면서도 오후는 밝게 웃었다.

"너의 머릿속에는 모든 서브는 에이스를 목표로 한다. 늘 이런 생각만 가득하지?"

서운한 마음을 삼키고 오후가 말을 이었다.

"그게 너다운 거고 난 그게 좋아. 목표가 확실한 너를 보고 있으면 기분이 좋아지거든."

시진이 아무런 대꾸를 하지 않자, 오후는 땅에 닿은 발끝에 힘을 주어 의자를 세게 밀었다. 둘의 몸이 동시에 뒤로 기울어지면서 붕 떠올랐다. 둘은 뒤로 밀려났다가 앞으로 나아가기를 반복했다.

"너도 재능 있어."

시진의 말을 오후는 믿을 수 없었다.

"너 칭찬도 할 줄 아니?"

"너를 좀 믿어 보지."

"자신을 믿는 게 가장 어려운 사람도 있어."

오후는 재능, 실력, 정신력 모두 준비된 선수만 챔피언이 될 수 있다고 생각했다. 셋 중 하나라도 부족하거나 무너지면 성취를 이루기란 불가능하다. 오후는 현재 정신력이 문제였다. 실력을 갖추기 위해 노력했던 지난 시간을 떠올려 보았다. 맨 처음 라켓을 들었을 땐 오른팔을 통제하기 위해 애썼다. 손목이 뒤로 빠지거나 앞으로 꺾이지 않도록 미세한 각도의 차이를 알아내야만 했다. 다음은 발의 움직임이었다. 그다음은 공과 나의 위치. 점점 터득해야만 하는 기술은 늘어 갔다. 그런데 진짜 문제는 연습한 것을 완벽히 해내는 순간도 자신을 스스로 의심하고 있다는 거였다. 이게 맞나? 확신할 수 없었다. 어떤 기준에 도달하기 위해 노력했는데 그 기준도 모른 채 자신을 끼워 맞추고 있는 기분이었다. 오후가 깊은 생각에 잠겨 있는 동안 시진도 말이 없었다. 침묵 속에서 매미 울음소리만 크게 들려왔다.

"아이스크림 사 줄까?"

시진은 무표정하지만 다정한 말투로 말했다. "좋아." 오후가 자리에서 벌떡 일어났다.

"잠깐만."

시진이 멈춰 섰다. 허리를 굽히더니 오후의 풀린 운동화 끈을 단단히 묶어 주었다.

"넘어지지 마라."

어디선가 본 장면. 그러니까 스톱 모션을 걸어야 할 순간이었다. 오후는 시진을 잠시 뒤로 보내 정지 화면을 걸고 싶었다. 운동화 끈을 매 주기 전 시진은 웃었을까? 아니면 긴장했을까? 그 표정을 놓친 게 아쉬웠다.

'나, 너에게 붙들린 것 같아.' 꼼짝없이 서 있는 동안 얼굴이 붉게 달아올랐다. 마음속으로 시진을 응원한 것은 입학한 직후에 치른 첫 복식 경기 때부터였다. 내면이 강한 선수한테서 나는 광채를 시진에게서 발견할 수 있었다. 이후 오후의 눈에는 시진만 보였다. 멋쩍게 웃는 모습, 당황해서 머리를 긁적일 때의 표정, 코트에 섰을 때 달라지는 눈빛. 무뚝뚝한 듯한 시진의 목소리가 들려오면 괜히 웃음이 나왔다. 도무지 숨길 수 없는 마음을 말로, 눈빛으로, 손짓으로, 공으로 모든 것을 동원해서라도 표현하고 싶었다.

"나 죽을 때까지 너 응원할 거야."

시진은 들뜬 듯한 오후의 얼굴을 가만히 지켜보다가 앞서 걸었다. 순간적으로 오후의 웃는 얼굴을 보자 마음이 흔들렸다. 하지만 잠시라도 이상한 감정이 끼어들기를 원치 않았다. 걸음을 빨리했다. 자신에게 그 무엇도 기대하지 않기를 바랐다. 놀고 싶고, 쉬고 싶고, 여행 가고 싶은 그 모든 시간이 사치일 뿐이었다.

"오늘은 알바 없어?"

오후가 바짝 따라붙으며 물었다.

"있어."

"근데 넌 SNS 안 해?"

"안 해."

"하면 인기 많을 텐데."

오후는 자꾸만 말이 많아졌다. 지나치게 흥분한 것 같아 그만 입을 다물어야 한다고 생각했지만 쉽지 않았다. 이번에는 좋아하는 음식을 물었다. 시진은 더는 대답해 주지 않았다. 오후는 혼자서 입을 동그랗게 오므렸다 폈다.

우리만의 전술

다미는 우승을 해도 기쁘기보다 두려웠다. 오히려 자신의 한계를 느꼈다. 더 잘할 수 있었는데. 이런 감정에 한번 사로잡히면 자신이 한심하게만 느껴졌다. 축하를 받으면서도 나약함을 들킬까 봐 걱정되었다. 져서 힘든 게 아니라 우승에 집착해서 힘든 걸까? 테니스는 한 사람만 빼고 매주 경기에서 지는 게임이다. 오늘은 승자여도 다음은 알 수 없었다.

실외 테니스장 한쪽에 컨테이너로 지어진 휴게실이 있었다. 선수들이 연습하다가 잠깐씩 쉴 수 있는 공간으로 냉장고, 책상, 컴퓨터, 3인용 소파와 둥근 테이블이 놓여 있다. 다미는 늦은 밤까지 휴게실에 혼자 남아 세리나 윌리엄스의 경기 영상과 자신의 영상을 비교해 가며 공부했다. 데이터 분석을 통해 어떻게든 자신의 약점을 극복하고 싶었다.

다미는 결정적인 한 방이 필요하다는 결론에 이르렀다. 나는 항상 과감하게 게임을 끌고 나가지 못해. 세리나는 오른손잡이에 양손 백핸드까지 완벽했다. 강한 파워와 타고난 운동 신경은 보고만 있어도 경이로웠다. 좋아하는 선수를 보고 있을수록 자신에 대한 불만이 쌓여 갔다.

영상을 계속해서 돌려 보고 있는데 문이 빼꼼히 열렸다.

"뭐 하고 있니?"

"아, 안녕하세요. 경기 영상 좀 보고 가려고…….."

다미는 장 코치가 다가오면 얼어붙었다. 그는 선수들의 작은 실수에도 크게 짜증을 내며 분노했다. 자신의 선수들을 이해하려고 하지 않고 관리하고 통제해야 할 대상으로만 보았다. 누군가 자신의 의견을 솔직하게 말하면 단번에 싸가지 없다는 비난이 돌아왔다. 그러고는 혹독할 만큼의 기합이 이어졌다. 그만 영상을 끄고 일어나는 게 좋을 것 같았다. 하지만 그가 다가오더니 몸을 한껏 낮추며 말을 걸었다.

"세리나가 한때 무섭긴 했지. 하지만 이제 그도 늙었어. 요즘 선수들은 기량도 좋고 무엇보다 장비가 달라졌지. 너도 더 열심히 해야 해. 늙기 전에…….."

그가 킥킥거렸다. 다미는 귓가 가까이 들려오는 그의 숨소리가 거슬렸다. 고개를 살짝만 옆으로 돌려도 그의 얼굴과 맞닿을 정도였다. 당장 자리를 떠나고 싶었지만 괜한 미움을 받을까 봐 그럴 수 없었다. 그가 영상을 함께 보기 위해 보조 의자를 다미 곁으로 바짝 끌어당겼다. 둘만 있다고 생각하자 신경이 곤두섰다. 불편한 내색을 하기가 쉽지 않아 어서 영상이 끝나기만을 기다렸다. 숨이 막히도록 시간이 길게 느껴졌다.

"저 자세를 기억해라."

귓불 뒤로 코치의 거칠고 뜨거운 숨결이 느껴졌다. 순간 다미의 목 뒤로 소름이 쫙 끼쳤다.

"엉덩이를 잘 봐 봐. 뒤로 살짝 빼고서 어디에 힘을 줬는지."

그의 손이 다미의 어깨를 지나 천천히 엉덩이 가까이에 닿았다. 다미는 정신이 아득해졌다. 돋아난 소름이 가라앉으면서 등줄기를 타고 못 견디게 간지러웠다. 손을 뻗어 박박 긁고 싶어 미치겠는데 갇힌 듯 꼼짝할 수 없었다.

"바로 여기야."

그가 다미의 엉덩이 쪽에 손을 대고는 음흉하게 웃었다. 다미의 얼굴 가까이에 자신의 얼굴을 가져다 대려는 순간이었다. 다미는 발작적으로 의자에서 몸을 일으켰다.

"하지 마세요."

말을 하는 다미의 목소리가 심하게 떨렸다. 잘못한 사람은

그였지만 그는 조금도 아랑곳하지 않는 표정으로 그저 어깨를
크게 들어 올렸다 내려놓았다. 자신이 뭘 어쨌냐는 식이었다.

"이러면 안 된다는 거 아시잖아요."

다미는 가까스로 용기를 내어 쏘아붙였다.

"너 단단히 착각하고 있어. 나는 지금 훈련 중이야."

"이대로 안 넘어가요."

"공을 세게만 치지는 않잖아. 가끔은 툭 넘겨야지. 살면서
도 툭 넘겨야 할 때가 있어. 너 지금 너무 예민해."

"저 예민하지 않아요."

"간절하게 원하면 압박감을 견딜 수 없지. 너 같은 애들 잘
알아. 계속 너를 증명하고 싶겠지. 그런데 지난번에는 8강에서
떨어졌잖아. 그것도 열다섯 살짜리한테 밀려서. 실력이라는 게
그렇게 불안한 거야. 그래서 내가 너희 감정 훈련을 먼저 시키
는 거고. 테니스는 기술보다 정신력이야."

"무리하게 대회 스케줄을 잡은 건 코치님이잖아요."

"그럼 다음 출전은 좀 여유 있게 잡아 보자."

"다음은 WTA 코리아 오픈이에요. 그건 빠질 수 없어요."

"내가 결정해. 가 봐."

반항하듯 버티고 서 있는 다미를 향해 그가 고개를 까딱이
며 나가라는 시늉을 했다.

"가라고."

그가 버럭 소리를 질렀다. 다미는 도망치듯 휴게실을 나왔다.

기숙사로 돌아왔지만 여전히 가슴이 심하게 뛰었다. 좌절과 부끄러움과 슬픔과 두려움이 뒤범벅되어 눈물이 쏟아졌다. 잠시 뒤 닥치는 대로 책과 옷을 가방에 욱여넣었다. 기숙사를 빠져나오자 학교는 어둠에 잠겨 있었다. 다미는 무작정 걷기 시작했다. 다시는 학교로 돌아오지 않을 작정이었다.

버스는 오후와 가혜를 내려놓고 떠났다. 서울 근교였지만 둘 다 처음 와 본 동네였다. 다미는 2주 넘게 훈련에 빠졌다. 누구의 연락도 받지 않았다. 내일이 개학이다. 가혜와 오후는 더는 걱정만 하고 있을 수 없었다. 오전에 코치 몰래 선수 수첩에서 다미의 집 주소를 알아냈다.

가혜가 구글맵을 보면서 앞장서 걸었다. 아파트 단지를 지나자 한적한 주택가 골목이 이어졌다. 비슷하게 생긴 주택이 촘촘히 들어서 있었다. 가혜가 손으로 한 집을 가리켰다. 철문이 살짝 열려 있었다. 마당에서 어린 여자아이 둘이 고무줄놀이를 하고 있었다. 오후는 다미에게 쌍둥이 동생이 있다는 이야기를 들은 기억이 났다.

"여기가 이다미 집이니?"

"우리 언닌데요. 누구세요?"

"친구들이야. 언니 집에 있니?"

쌍둥이는 동시에 고개를 내저었다.

오후와 가혜는 쌍둥이 손에 이끌려 다시 걸었다. 가는 동안 동생들은 끊임없이 언니에 관한 자랑을 늘어놓았다. 집에 메달과 트로피가 몇 개 있는지, 그것들이 장식장에 얼마나 멋지게 진열되어 있는지 한참을 말하다 뜬금없이 기린 이야기를 꺼냈다.

"모두가 기린을 좋아해요."

"기린? 동물원에 사는 그 기린?"

"아니요. 다미 언니요. 우리가 지은 별명이에요."

"다미는 키가 크니까, 잘 어울리는 별명이네."

가혜가 말했다. 오후가 쌍둥이 중 한 명에게 물었다.

"그런데 다미 언니한테 무슨 일 있니?"

"몰라요. 말도 안 하고 계속 무서운 표정만 짓고 있어요. 화난 기린이에요."

쌍둥이 손에 이끌려 도착한 곳은 근처 초등학교였다. 텅 빈 운동장을 지나자 테니스장이 나왔다. 다미는 혼자 연습 중이었다. 우리를 보고는 동작을 멈췄다.

"어떻게 왔어?"

"지하철 타고 버스 타고."

가혜가 투정 부리듯 말했다.

다미는 동생들에게 그만 집에 가라고 일렀다. 더 머물고 싶었던 동생들은 뾰로통해진 얼굴로 테니스장을 떠났다.

"무슨 일이야?"

가혜가 대뜸 물었다. 다미는 이마에 맺힌 땀을 닦았다. 아무런 대답이 없자 가혜가 답답하다는 투로 말했다.

"너 그냥 이러고 있을 애 아니잖아. 무슨 일인지 말해."

다미는 입을 꾹 다물고 아무 말도 하고 싶지 않다는 얼굴이었다.

"여기 코트 분위기 되게 좋다."

석횟가루로 그려 놓은 하얀 선을 따라 걸으며 오후가 대신 말했다.

"나무가 울창해서 아늑하네. 너 여기서 테니스 처음 배운 거야?"

"코치 쌤은 내 공의 움직임 하나까지 지켜봐 주셨어."

"지금은 여기 안 계셔?"

"다른 학교로 가셨어. 나 서현고 간다고 좋아했는데."

다미의 표정과 말투가 평소와 달랐다. 오후는 갑자기 기운

잃은 다미가 신경 쓰였다. 무슨 일이 있는 게 분명했다. 오후는
계속 다미의 표정을 살폈다.

"너 별명이 기린이더라."

"키가 커서 싫었는데 테니스를 하면서 그게 장점이 되었지."

"너 기린이 어떤 동물인지 알아?"

오후의 말에 다미는 고개를 내저었다.

"아프리카 초원에 사는 기린은 저 멀리서 적이 나타나면
제일 먼저 알아보고 다른 동물들에게 알려 준대. 그래서 기린
주변에 있으면 모두가 안전하다고 느낀대. 멋지지?"

다미가 새롭게 알게 되었다는 듯 고개를 끄덕였다.

"너 멋져. 지치지도 않고 연습하는 널 보면 네가 얼마나 테
니스를 원하는지 알 수 있어."

오후의 칭찬에 다미는 짧게 웃었다.

"테니스 말이야. 하면 할수록 어려운 것 같아. 그런데."

다미는 잠시 말을 멈췄다. 얼굴을 일그러뜨리고는 곧 울
것 같은 표정이었다. 그러나 울지 않기 위해 곧 눈가에 힘을 주
었다.

"지금은 더 어려운 게 있어."

다미는 아무도 없는 갇힌 공간에 둘만 있을 때 느꼈던 공
포와 출전시키지 않겠다는 불합리한 협박을 받은 사실까지 전

부 털어놓았다.

"그날 밤 기숙사에서 터미널까지 두 시간을 걸었어. 멈추면 안 될 것 같았어. 절대로 잊으면 안 되니까."

"미친 또라이 새끼 아니야."

화가 치밀어 오른 가혜가 욕을 뇌까렸다. 가혜는 발끝에 온 힘을 실어서 땅바닥을 걷어찼다.

오후는 머릿속이 복잡해졌다. 지난 개인 연습 때, 장 코치가 자세를 바로잡아 준다며 오후의 등을 만졌는데 그 손길이 마치 뱀의 혀처럼 끈적하게 다가왔다. 불쾌감과 두려움이 엄습해 왔지만 설마, 하고 꾹 참았다. 이후 머릿속에서 지우려고 노력했지만 기분 나쁜 느낌을 떨치기 어려웠다. 수많은 훈련을 했지만 그런 순간 어떻게 해야 할지 교육받은 적은 없었다. 그래서일까? 나2는 항상 모든 걸 감추라고 말했다. 소문은 무서웠고 댓글은 위협적이니까. 그러나 지금 나1은 다미가 힘들어하니까 모르는 척하지 말라고 소리쳤다. 잔뜩 겁먹은 기린이라니.

"장 코치를 가만둬서는 안 돼."

오후도 둘에게 전부 털어놓았다. 혼자서 머릿속으로 곱씹을 때는 떠올리기만 해도 괴로웠는데 이야기하다 보니 오히려 차분해졌다.

"그때 난 말 한마디도 못 했어."

오후의 말에 가혜는 흥분해서 허공을 향해 주먹질을 해 댔다.

"그놈은 이제 우리 코치가 아니야. 이대로는 절대 못 넘어가. 어떻게 하면 좋을까?"

"코치님한테 꼭 사과받고 싶어."

다미의 말에 가혜가 그걸로는 부족하다고 나섰다.

"사과한다고 넘어갈 수 있는 문제가 아니야. 교장에게 도와달라고 해 볼까? 교육청에 메일을 보내는 건 어때? 테니스 협회 사람들에게 알리거나."

"증거가 없잖아."

다미가 힘없이 말했다.

"게임에서 이기려면 전술이 필요하잖아."

오후가 생각이 많은 얼굴로 나섰다.

"너 계획 있어?"

둘은 오후의 얼굴을 보았다.

"브이로그를 찍을 거야. 내 구독자가 48만이야. 그들이 증인이 될 거야."

오후는 목소리를 높였다. 그동안 오 여사의 협박에도 브이로그를 업로드하지 않았다. 구독자들의 항의에도 관심이 없었다. 이제야 오후는 정말 찍고 싶은 게 생겼다.

"대본은 내가 알아서 짤게."

"브이로그에 대본도 필요해?"

"당연하지. 생방송으로 내보내고 나중에 로그 길이를 짧게 편집해서 하나 더 올릴 거야. 평소 장 코치 모습 그대로 보여 줄 건데 문제는 의심 못 하게 해야 해."

"훈련 촬영 많이 하니까 그런 식으로 둘러대야 하지 않을까?"

"사실 우리가 뭘 찍든 관심도 없을걸."

셋은 서로의 얼굴을 보며 웃었다. 아프고 힘든 상황이지만 이겨 내기 위해 더 크게 웃어 젖혔다.

이런 경험이 내게 있었나? 오후는 이상하게 가슴이 설렜다. 내가 먼저 용기를 내면 되는 걸까? 친구지만 경기에서는 반드시 이겨야 할 대상으로 바뀌었다. 온전히 마음을 나눌 수 없다는 생각에 외로운 순간이 더 많았다. 그러나 지금은 달랐다. 함께라면 뭐든지 할 수 있을 것 같았다. 친구를 갖는다는 건 이런 마음이었어. 서로를 포기하지 않겠다는 다짐이고, 슬픈 일을 함께 이겨 내기 위해 힘을 모으고 다시 웃을 수 있게 돕는 거였다.

셋은 더 어두워지기 전에 버스 정류장으로 향했다. 다미는 어깨를 폈다. 잔뜩 움츠러든 마음이 살아나고 있었다. 뺨에 닿는 밤공기가 부드러웠다. 버스가 도착하자 오후와 가혜가 올라 탔다. 다미는 둘의 모습이 보이지 않을 때까지 손을 흔들었다.

테니스에서 0점은 러브

오후는 탈의실에서 카메라를 켰다. 그리고 셀카봉으로 자신의 얼굴이 잘 잡힐 수 있도록 각도를 조정했다. 하나, 둘, 셋. 작은 목소리로 숫자를 센 뒤 "지금부터 실시간 라이브 촬영을 하겠습니다." 하고 외쳤다. 그러자 뒤에서 가혜와 다미가 나타나 화면을 향해 손가락 하트를 해 보였다. 곧 화면이 전환되고 탈의실을 빠르게 비춘 다음 천천히 오후의 동선을 따라 실내 테니스장으로 이동했다. 장 코치의 모습은 아직 보이지 않았다. 오후는 핸드폰을 셀카봉에서 빼서 미리 설치해 놓은 삼각대에 장착했다.

"오늘은 약속대로 제 훈련 장면을 라이브로 보여 드리겠습니다. 전부터 궁금해하시는 분들이 많았는데 이제야 보여 드리

게 되어 죄송해요. 그런데 다른 선수들에게는 방해되면 안 되
니까 지금부터는 카메라만 켜 둔 채 말은 하지 않겠습니다."

오후는 카메라가 잘 잡히는 베이스라인 앞에 서서 서브 동
작을 연습했다. 얼마나 지났을까. 장 코치가 들어서자 오후는
나2를 최대한 장착하고 애교 있게 웃으며 인사를 건넸다. 처음
만났을 때처럼 반갑게. 카메라를 등진 채 서 있는 오후 앞으로
코치가 다가왔다.

"스윙하고 마무리 동작이 중요하지, 그렇지?"

그가 오후에게 바짝 몸을 붙이고 섰다. 오후는 다시 서브
를 넣었는데 긴장 탓인지 제대로 동작을 마무리 짓지 못했다.

"상체가 더 돌아가야지."

그의 손이 오후의 겨드랑이 사이로 들어가더니 가슴 아랫
부분을 붙잡고는 천천히 움직였다. 오후는 얼어붙은 듯 가만
히 서 있었다. 그가 어떤 사람인지 확실히 보일 때까지 참아야
했다.

"다시 해 보겠습니다."

오후는 계속 서브 동작을 반복했다. 왼손으로 공을 높이
던지고 오른손으로 라켓을 휘둘렀다. 공이 저만치 멀어지는
것을 보며 동시에 스윙을 마무리 지었다. 그가 오후의 허리를
꽉 붙잡아 돌렸다. "테니스는 반반한 얼굴이 아니라 이 근력으

로 치는 거야." 평소보다 더 느끼하게 웃었다. 카메라가 보고 있다. 오후는 눈을 질끈 감았다. 그러나 벌레 수백 마리가 붙어 있는 것 같은 손길이 점점 더 압박해 왔다. 순간적으로 몸을 돌려세웠다.

"지금 어디 만지신 거예요?"

"뭐가? 친절하게 알려줬잖아."

"가슴 만졌잖아요."

"무슨 소리야?"

"손이 가슴 쪽으로 왜 와요?"

오후는 따져 물었다.

"이것 봐라. 겁이 없네."

장 코치의 말에도 오후는 시선을 거두지 않았다. 계속 노려보다가 입술 끝을 늘려 비웃었다. 그러자 그가 참지 못하고 뺨을 날렸다. 쩍, 소리가 경기장 안을 울렸다. 일순간 조용해졌다. 시선이 모두 이쪽을 향하자 그가 험한 욕설을 퍼붓기 시작했다. 이제 오후는 한쪽 뺨을 붙잡고서 잔뜩 겁먹은 표정으로 서 있었다. 잠시 후 나2가 자연스레 튀어나와 울기 시작했다. 최대한 서럽고 힘든 표정으로 울고 있는데 그가 카메라를 발견했다.

"저건 뭐야?"

가혜가 잽싸게 뛰어가 카메라를 끄는 시늉을 했다. 그러나 이미 실시간으로 방송이 나간 상태였다. 상황을 전혀 파악하지 못한 그는 욕을 하며 테니스장을 나갔다.

"후야, 괜찮아?"

달려온 미르가 걱정 가득한 얼굴로 물었다. 미르는 그가 나간 쪽을 향해 영어로 욕을 했다. 그 뜻을 알아들을 수 없어 오후는 그만 웃음이 났다.

핸드폰을 확인한 다미와 가혜가 오케이 사인을 보냈다. 셋은 다급히 영상을 켰다. 오후 채널에 댓글이 올라오고 있었다.

ㄴ 코치가 아니고 완전 빌런.

ㄴ 신고 대상 각인데.

ㄴ 오후 불쌍. 학교 뭐 하냐.

ㄴ 근데 오후가 입은 분홍색 추리닝 협찬인가요? 어디 거임? 엄청 예쁨.

ㄴ 나도 한때 운동선수였는데 저런 코치 때문에 말 못 하고 그만두었어요. 오후를 도와주고 싶네요.

ㄴ 코치 신상털기 들어갑니다!!

15분 32초짜리 영상은 끝났지만 댓글은 계속 늘고 있었다.

어리둥절한 표정으로 오후를 바라보던 미르가 곧 상황을 파악하고는 오후 채널을 확인했다. 시진과 석기도 핸드폰을 들여다보았다.

"뭐든 말해. 우리도 도울게."

"이제부터는 구독자들이 우리를 도울 거야."

미르의 말에 오후는 기다려 보자고 했다. 일은 계획대로 흘러갔다. 오후는 기도하듯 두 손을 맞잡고 꼼꼼하게 댓글을 읽었다. 얼굴도 이름도 모르는 사람들이 지원군으로 나섰다.

다음 날 학교에 탄원서가 접수되었다. 교장실에서 긴급 회의가 열렸다.

"너는 이제 인생 끝났어."

흥분한 오 여사는 당장이라도 장 코치의 멱살을 잡고 흔들 기세였다. 맹수로부터 자기 새끼를 보호하려는 어미의 모습으로 계속 악다구니를 써 댔다.

"저것들이 일부러 촬영한 겁니다. 저도 억울하다고요."

코치는 벽 가까이 나란히 서 있는 오후, 다미, 가혜를 향해 삿대질했다.

"뭐, 저것들! 네가 감히 내 딸을 만져!"

오 여사는 조금도 물러서지 않았다.

"당장 전화하면 달려올 기자들이 몇 명인 줄 알아? 어떻게 할래?"

"오후 어머님, 제발 진정하세요. 일단 앉으시죠."

이번에는 교장이 나섰다. 교장은 머리를 조아리며 제발 학교 차원에서 해결할 수 있도록 해 달라고 사정했다.

"당신 딸이라고 생각해 보세요. 이게 어디 넘어갈 일이에요?"

오 여사는 눈을 크게 뜨고서 말했다. 쉽게 물러나지 않겠다는 태도를 확실히 보여 주기 위해 아이들이 그동안 얼마나 힘들게 참아 왔는지를 마치 자신이 당한 일처럼 낱낱이 생생하게 짚어 냈다. '잘하고 있어, 오 여사.' 오후는 벽에 붙어 서서 응원했다.

"당장 자르세요."

"그렇게 조치하겠습니다."

교장은 이마에 땀을 닦아 냈다. 장 코치는 고개를 푹 수그린 채 한숨만 내쉬었다.

"그리고 우리 아이들에게 사과부터 하세요."

"네, 네. 그렇게 해야죠. 어서 사과하세요."

교장이 눈짓으로 장 코치를 독촉했다. 그는 마지못해 자리에서 일어나 오후, 다미, 가혜가 있는 쪽으로 다가왔다. 시선을 맞추지 않은 채 건성으로 미안하다고 말했다. 진심이 담긴 어른의 사과로 느껴지지 않았다. 하지만 셋은 서로의 손을 꼭 잡았다. 여전히 분노의 감정이 북받쳐 올랐지만 함께라서 조금은 괜찮았다.

교장실에서 나와 체육관으로 돌아왔다. 장 코치는 테니스 부원들과 즉시 분리되었다. 그는 곧장 짐을 싸서 인사도 없이 체육관을 나갔다. 셋은 멀어져 가는 그를 지켜보았다.

"한때 윔블던에서 멋진 실력을 보여 준 사람이 정말 저 사람일까?"

"자신이 쏟았던 노력과 열정을 다 잊어버려서 저렇게 망가진 거야."

"여태까지 자신을 돌아볼 기회가 없었나?"

"그러면 우리가 저 사람에게 깨달을 시간을 준 거네."

셋은 말을 주고받으며 마음을 정리해 보려고 애썼다. 하지만 무거운 마음은 어쩔 수 없었다. 모두가 힘들게 버텨 온 시간의 결과라고 하기엔 그 끝은 허무하도록 짧았다. 기쁘기보다 쓸쓸함이 남았다. 장 코치는 떠났지만 셋은 경기장에 남아 앞으로 더 나아가야 했다. 무너지지 않는 선수가 되고 성숙한 어른이 된다는 게 어느 때보다 진지하게 다가왔다. 마음으로 각자의 다짐을 하느라 모두 말이 없었다.

얼마 지나지 않아 새로운 코치가 왔다. 코치 경력은 없지만 젊은 그는 열정이 넘쳤다. 선수들에게 기초 체력을 강조했고 매일 루틴에 맞게 훈련을 시켰다. 일렬로 달리기를 할 때도 시진이 맨 앞에서 뛰고 그 뒤를 오후, 미르, 가혜, 석기, 다미가 차례로 뛰었다. 다음 바퀴에서는 자연스레 다미가 앞장서서 뛰는 식이었다. 새로운 코치 덕분에 훈련장 분위기가 완전히 바뀌었다. 무엇보다 그는 경기를 지켜보는 눈매가 날카로웠다. 선수들이 연습하는 동안 좀체 자리를 떠나지 않고 훈련하는 모습을 기록하고 녹화했다. 보완할 곳을 지적하는 말투는 냉정했지만 조금의 거만함도 섞여 있지 않았다.

훈련이 끝나고 오랜만에 테니스부 모두 분식집에서 뭉쳤다. 떡볶이는 둥글고 커다란 그릇에 나왔다. 그들은 자신 있게 제일 높은 단계인 고추 다섯 개 매운맛을 주문했다. 여섯은 동시에 포크를 들었다. 입을 크게 벌리고 포크로 빨간 떡을 찍어 입안에 넣었다. 오물오물 떡을 씹는 동안 모두의 표정이 일그러졌다. 오후의 혓바닥은 얼얼한 고통에 몸부림치고 목구멍은 뜨겁게 타올랐다. 코끝에는 땀방울이 차올랐고 손은 절박하게 물을 찾았다. 오후는 다시 길쭉한 떡을 입안에 넣었다. 매운 감각은 통증이 되고 통증은 어떤 희열을 가져온다는 것을 알기에 먹는 걸 멈출 수 없었다.

미르가 말없이 오후의 물컵에 물을 채워 주었다. 옆자리에 앉아 멀리 있는 냅킨 통도 가까이 놓아 주며 챙겼다. 오후는 별

다른 반응이 없었다. 맞은편에 앉은 시진이 그 모습을 보았다. 시진과 오후의 눈빛이 허공에서 짧게 부딪쳤다. 시진이 먼저 고개를 돌렸다.

"새로운 코치를 위해."

석기의 말에 다들 콜라가 담긴 잔으로 건배했다.

"근데 나 앞머리 괜찮아?"

가혜는 핸드폰을 들고서 자신의 얼굴을 살피다 오후를 향해 물었다.

"불편하면 그만 끝까?"

오후가 거치대에 설치된 핸드폰을 의식하며 낮게 속삭였다. 그러자 가혜가 애교 있게 말했다.

"너무 떨려서 그러지."

테이블 가장자리에 삼각대 모양의 거치대가 세워져 있었다. 오후는 오늘 친구들에게 영상 촬영을 허락받았다. 지난번에 협찬받은 가방을 홍보하는 영상이었다. 분식집 한쪽에 같은 브랜드의 가방을 여러 개 모아 놓았다. 그것을 실제로 사용하는 것처럼 자연스럽게 찍는 설정 샷이었다. 오후는 친구들에게 괜한 부담을 주는 것 같아 미안했다.

오 여사에게 공짜란 없었다. 지난번 장 코치를 징계하는 자리에서 오후를 향해 혼신의 연기를 펼친 대가로 오 여사는 오후에게 가방 브랜드 홍보 영상을 찍어 올 것을 당당하게 요구했다. "네가 찍어만 오면 내가 긴 영상을 짧게 잘라서 쇼트 플랫폼에 업로드할 거야." 계획까지 치밀하게 알려 주었다. 평소라면 내키지 않아서 듣는 척도 하지 않았을 텐데 이번에는 오후도 어쩔 수 없었다. "확실히 하자." 오 여사는 못을 박았다. 오후는 그날 교장실에서 오 여사를 향해 잠시 연약해졌던 마음이 다시 뾰족해졌다.

"자연스럽게 해야 해. 나처럼."

석기가 어깨를 펴며 호기롭게 말했다.

"그런데 우리 목소리도 다 방송되는 거야?"

"다 자르고 15초로 만들 거니까 걱정하지 마. 아무래도 그만 끄는 게 좋겠다."

오후가 일어나서 핸드폰을 들었다.

"잠깐만."

석기가 오후의 팔을 붙잡았다. 석기는 10년 후에 볼 동영상을 찍어 두자고 제안했다. 각자에게 지금 테니스란 무엇인지를 말하고 그걸 비공개로 저장해 놓았다가 나중에 타임캡슐처럼 확인해 보자는 거였다. 아이들은 살짝 멋쩍은 표정으로 서로의 얼굴만 쳐다보더니 곧 재미있을 것 같다며 찬성했다. 오후가 일어서서 핸드폰을 들고서 화면 속에 친구들을 담았다.

석기가 제일 먼저 입을 열었다.

"나는 대학 가면 테니스를 공부할 거야. 사실 작년부터 내 한계를 느꼈어. 작은 키 때문이 아니야. 아무리 노력해도 안 된다는 것을 본능적으로 알겠더라. 그래서 선수가 아니라 국제 심판이 되려고."

"너, 내 매니저 해 준다면서?"

"그건 봐서라고 했지. 인생을 걸려면 신중해야지. 그래서 가혜 너한테 테니스는 뭔데?"

"음, 난 말이야. 테니스가 좋아. 테니스에서 0점은 러브라는 것부터 마음에 들어. 정말 멋지지 않니?"

"또 저 사랑 타령. 넌 지겹지도 않니?"

다미가 타박했다. 가혜가 바로 받아쳤다.

"당연하지. 테니스는 시작부터 러브잖아."

화면 속 아이들이 웃었다. 미르만 웃지 않은 채 진지한 얼굴이었다. 모두 집중해서 미르를 보았다.

"나는 테니스를 칠 때 마음이 풍족해져."

"풍족? 넌 이미 차고 넘치잖아."

가혜가 눈을 흘겼다. 잠시 뜸을 들이더니 미르가 심각한 얼굴로 "뭐가?" 하고 되물었다.

"알아. 세계적으로 유명한 코치한테 배우고 고급 헬스장에서 피티 받고 주치의도 따로 정해져 있는 내 조건을 모두가 부러워한다는 거. 그래서 누구한테 힘들다는 말 절대 못 하지. 어차피 이해도 못 받고 욕만 먹을 테니까."

아이들은 잠시 할 말을 잃은 표정이었다. 오후는 렌즈의 초점 거리를 확대해서 미르의 모습을 화면 가득 잡았다.

"난 죽을 때까지 테니스를 할 거야. 경기장에서는 외롭지 않거든."

화면 속 미르는 엷게 웃었다. 오후는 미안한 마음이 들었다. 예전이나 지금이나 미르와 함께하는 시간은 새로운 경험이었다. 그러나 여전히 자신을 선망하듯 바라보는 눈빛이 부담스러운 것도 사실이었다.

"그러면 이다미 선수는 테니스가 왜 좋습니까?"

이번에는 미르가 다미를 향해 물었다. 다미는 냅킨으로 식탁을 닦으며 딴청을 부리다 "저요?" 하고 되물었다.

"저는 관심받아서 좋습니다."

뜻밖의 대답에 모두 의아한 표정을 지었다. 가혜가 내친김에 숟가락을 마이크처럼 쥐고서 인터뷰 장면을 연출했다.

"단지 관심받기 위해서라니요. 저는 이해가 잘 가지 않는군요."

"말도 없고 조용해서 늘 반에서 존재감 없는 아이였죠. 학년이 끝날 때까지 제 이름도 모르는 친구들이 많았어요. 테니스를 하면서 그나마 반 아이들이 '아, 그 테니스 치는 애'라고 기억해 주더군요. 그래서 관심 좀 받아 보려고 열심히 쳤습니다. 그런데 고백하자면 관심받기를 원하면서도 막상 관심을 받으면 잔뜩 얼어붙습니다. 그래서 말인데요, 저는 오후 선수가 궁금합니다. 계속 관심받는 기분은 어떤가요?"

오후는 미르를 생각하고 있다 갑자기 질문을 받았다. '좋으면서 싫은 게 관심 아닐까? 참고 견뎌야 하는 부담도 따르지만 그 부담이 특권임을 알아야 하고……' 머릿속으로 떠오른 말이 선뜻 입 밖으로 나오지 않았다. 머뭇거리고 있는데 시진이 불쑥 말을 걸었다.

"넌 하기 싫은 걸 왜 계속하냐?"

"하기 싫다고 한 적 없어."

"그걸 꼭 말로 해야 아니? 네 얼굴에 이미 다 쓰여 있는데."

오후 대신 가혜가 나섰다.

"오후한테는 일상이잖아. 그러니까 지겨울 수도 있지. 하지만 오후 영상 기다리는 애들 내 주변에도 많아. 오후만의 느낌이 있거든."

가혜는 오후가 자주 짓는 표정을 따라 했다. 경기가 풀리지 않으면 짓는 오후의 그 표정. 아랫입술을 비죽이 내밀고 힘을 준다. 곧 울 것 같은 표정이면서 동시에 울지 않으려고 애쓰는 귀엽고 사랑스러운 표정. 사람들이 좋아하는 표정. 좋아요, 를 부르는 표정. 그래서 계속 짓게 되는 완벽한 나2의 표정. 가혜가 흉내 내고 있는 그 표정이 오후는 부끄러웠다. 솔직히 이젠 그만하고 싶었다. 시진의 말이 맞는지도 몰랐다. 대체 영상에서 언제까지 밝고 착한 아이의 이미지를 지켜 내야만 하는 걸까.

"다른 느낌이 더 낫지 않나."

시진의 말에 가혜가 흥미롭다는 듯 물었다.

"예를 들자면?"

"그냥 자연스러운 표정 말이야. 누구를 꼭 의식하는 그런 표정 말고."

"오후는 영상과 함께 계속 성장해 왔어. 그게 자연스러운 거 아닐까?"

가혜의 말에 시진은 어깨를 크게 으쓱했다. 더는 말하고 싶지 않다는 뜻이었다. 떡볶이 접시는 이미 깨끗이 비운 상태였다. 시진이 먼저 자리에서 일어났다. 갑자기 싸해진 분위기에 아이들도 그만 자리를 정리했다. 오후는 핸드폰 카메라를 껐다. 샘플로 들고 온 가방을 접어 커다란 가방에 챙겨 넣는 일을 미르가 도와주었다. 모두 분식집 앞에서 헤어졌다.

미래의 너는

"부탁이야. 제발 나 말고 오수인의 삶을 살아."

오후는 소리쳤다.

"네가 나고 내가 너야."

오수인도 소리쳤다.

4년 동안 옷과 신발을 협찬해 주던 회사와 재계약이 되지 않았다. 예상은 했지만 막상 통보를 받자 오 여사는 당황하고 화가 났다. 다른 곳과 협찬 계약을 맺으려 했지만 어디서도 오후를 모델로 쓰기를 거부했다. 오 여사는 가까스로 마음을 다 잡았다. 유학만이 답이다. 무리해서라도 오후를 다시 주목받게 해야 했다.

"테니스 그만둘 거야."

오후는 결심한 듯 말했다. 오 여사가 어이없다는 듯 하하 웃었다.

"못 하겠어. 정말이야. 나 공부할게. 따라가기 힘들겠지만 그래도 해 볼게."

진심이었다. 테니스 외에는 해 본 게 없지만 다르게 살고 싶어졌다. 유학은 말도 안 되는 일이다. 오후는 이제 테니스를 좋아하는 그 순수한 마음마저 잃었다. 오로지 경기를 잘했냐 잘하지 못했느냐는 평가만이 중요해졌다. 지난주 대회에서는 예선도 통과하지 못했다.

오 여사에게는 어림도 없는 말이었다. 자신의 노력이 억울했고 삶이 통째로 사라지는 기분이었다. 이토록 도와주는데 왜 해내지 못하는 거지? 딸을 이해할 수 없었다. 슬럼프 같은 힘든 순간은 많은 선수가 겪는 일이다. 이 위기만 넘기면 분명 나중에는 자신에게 고마워할 텐데. 철없는 딸에게 분노가 치밀었다.

오 여사는 밥을 먹다 말고 딱 소리가 나게 숟가락을 내려놓았다. 참아 보려 했지만 도무지 진정되지 않았다. 말보다 손이 먼저 나갔다. 마른 멸치 반찬을 냅다 집어 던졌다. 다음은 그릇에 담긴 김치였다. 뭘 생각하고 던진 건 아니었다. 그냥 바로 앞에 놓여 있는 것을 골라잡았다. 당연히 피할 줄 알았는데 오후는 꿈쩍도 하지 않았다. 그 바람에 김칫국이 얼굴과 머리카락, 티셔츠에 다 튀고 말았다.

오 여사는 더 열이 올랐다. 이번에는 밥이 든 그릇을 주방 벽면을 향해 집어 던졌다. 그릇이 싱크대 앞에서 산산조각이 났다. 오후는 놀라지도 않고 가만히 앉아 있었다. 사방으로 튄 파편을 보고서야 오 여사는 천천히 이성을 되찾았다. 식탁에서 일어나 걸레로 주방 바닥을 꼼꼼하게 닦았다. 그때까지도 오후는 조금의 움직임이 없었다.

"너 내 집에서 나가."

오 여사는 짧고 단호하게 말했다. 오후는 그대로 일어나 밖으로 나갔다.

늦은 밤, 오후는 무작정 걷기 시작했다. 맨발에 슬리퍼를 신은 채였고 옷은 집에서 입던 그대로였다. 티셔츠는 얼룩져 있고 냄새까지 났다. 급하게 나오느라 후드 티나 점퍼도 걸치지 못했다. 손에는 지갑도 없이 달랑 핸드폰뿐이었다.

얼마나 걸었을까? 마음이 조금 진정되자 어깨에 닿는 가을 바람이 찼다. 길 건너에 햄버거 가게가 보였다. 자정 가까운 시간이라 테이블 두 곳에만 손님이 있었다. 키오스크에서 주문하는데 핸드폰에서 잔액이 부족하다는 메시지가 떴다. 세트 메뉴를 취소하고 가장 저렴한 햄버거만 주문했다. 이제 1,300원 남았다. 하필이면 이럴 때 체크카드에 있는 용돈이 다 떨어질 게 뭐람.

오늘 밤을 여기서 보낼 수 있을까? 이대로 집으로 돌아갈 수는 없었다. 먹던 음식까지 집어 던질 줄이야. 핸드폰 배터리가 20퍼센트도 남지 않았다. 다미는 기숙사에 있고, 가혜는 대회 중이라 지방에 있었다. 아르바이트생들이 오후를 힐끔거렸다. 눈치가 보였지만 오 여사에게 자존심을 구기는 일이 더 비참했다. 이런 순간 왜 자꾸만 시진이 떠오르는지 알 수 없었다. 오후는 힘차게 고개를 내저었다. 아니야. 머리는 말했지만 손은 이미 시진의 사진을 찾아냈다. 시진의 얼굴을 보고 또 봤다. 오 여사와 싸우고 집을 나온 초라한 자신의 처지를 떠올리느니 시진의 얼굴을 보고 있는 게 나았다. 시진을 보고 있으면 잊을 수 있으니까.

누군가를 좋아한다는 게 이런 걸까. 오후는 테니스장에서 어쩌다 시진이 웃는 모습을 보면 금세 마음이 환해졌다. 힘찬 구령 소리가 들려오면 괜히 웃음이 났다. 무엇보다 신발 끈을 묶어 주던 그 손놀림 하나하나를 머릿속에서 계속 재생시켰다. 오후는 이런 자신의 감정이 간질간질하고 유치하다고 느껴졌다. 하지만 유치함은 간절함에서 나오는 거였다. 그 순간이었다. 멍하니 창밖을 보고 있는데 배달 오토바이가 휙 지나 갔다. 언제나 간절함이 상황을 바꾸는 법. 오후는 용기를 냈다.

문자를 보내고 10분도 채 지나지 않아서였다. 창밖에서 시 진이 오토바이에 기대선 채 오후를 지켜보고 있었다. 오후는 반가운 마음에 단숨에 밖으로 뛰쳐나갔다.

시진은 손을 들어 올려 오후에게 인사했다. 오후는 평소에 는 머리를 하나로 묶었는데 오늘은 풀어서 길게 내려뜨린 상태 였다. 하지만 진짜 달라 보이게 하는 것은 티셔츠에 잔뜩 묻은 음식물 얼룩이었다. 안 좋은 일이 있었던 게 분명했다. 시진은 놀랐지만 모르는 척했다.

"좀 심한가?"

티셔츠 끝을 손으로 만지작대며 오후가 말했다.

"타. 마지막 배달이야."

오후는 오토바이에 냉큼 올라탔다. 시진은 도로를 빠르게 가로질러 우회전했다. 빨간불로 바뀌기 직전 차선을 넘었다. 차가 없어서 도로 중앙을 신나게 달릴 수 있었다. 오후는 막혔 던 가슴이 시원하게 뚫리는 기분이었다. 온몸이 구겨졌다 펴 지는 것처럼 심장이 마구 두근거렸다.

"고마워."

오후는 큰 소리로 말했다. 그러자 시진의 목소리가 바람을 타고 들려왔다.

"꽉 잡아라."

오후는 시진의 허리를 꽉 붙들었다. 어둠이 가득한 도로 위에서 지금 그 어느 때보다도 시진과의 거리가 가까웠다. 오토바이의 엔진 소리가 리듬을 만들어 냈다. 건물과 나무가 빠르게 지나갔다.

"너무 빨리 달리지 마. 나 집에 안 갈 거야."

오후가 소리쳤다.

"뭐라고?"

시진도 소리쳤다.

시진은 배달을 끝내고 주차 구역에 오토바이를 세웠다. 시진이 장비와 헬멧을 정리하는 동안 오후는 가로등 아래에서 기다렸다.

"나 집 나왔는데 어디 갈 곳 없을까?"

"없지."

"찜질방도 출입 안 되겠지?"

"응."

"24시간 스터디 카페 갈까?"

"공부하려고?"

"자려고."

"가 본 적 있어?"

"당연히 없지."

"계속 편의점에 있으면 눈치 보일 거 아니야."

"돈은 있어?"

"돈 없어."

"해결책 없으면 일단 집에 가."

시진은 저만치 걸어가 버렸다. 오후는 커다란 나무둥치에 오른 손바닥을 대고서 한 바퀴 두 바퀴 세 바퀴를 돌았다. 같은 자리에서 빙빙 도는 동안 시진은 더 멀어져 갔다. 까끌까끌한 느낌이 손바닥에 전해졌다. 그래도 지금 들어가는 건 있을 수 없는 일이야. 오후는 시선을 발끝에 두고서 반대편으로 돌기 시작했다.

"가자."

시진이 돌아왔다.

"어디?"

오후의 물음에 시진은 대답하지 않았다. 하지만 표정에서 알 수 있었다. 뭔가를 결정한 얼굴이었다. 둘은 걷기 시작했다.

밤의 풍경은 낮과 다르게 보였다. 익숙한 등굣길이지만 주변은 암흑 속에 잠겨 있었다. 운동장에 들어서자 학교 건물이 어슴푸레한 윤곽을 드러냈다. 운동장은 텅 비어 있고 주위는 무서울 정도로 고요했다. 정문 오른편에 있는 기숙사 건물의 어두운 그림자를 눈으로 훑으며 체육 도구실로 향했다. 그리고 그 뒤로 나 있는 울타리 길로 들어섰다. 겨우 한 사람이 지나다닐 수 있는 좁은 길이었다. 우거진 나무들 사이에서 무언가가 튀어나올 것 같아서 긴장이 됐다. 앞서 걸어가던 시진이 뒤돌아보았다. 핸드폰 불빛을 오후 발끝에 비춰 주었다. 오후는 시진이 가려는 곳이 어디인지 알 수 있었다. 시진은 탈의실 쪽 창문을 타고 넘어 들어갈 계획이었다. 오후는 어두운 길 끝을 응시하며 잠시 생각에 잠겼다.

집을 나와도 테니스장 외에는 갈 곳이 없구나.

시진이 먼저 창문을 타고 안으로 넘어갔다. 창문 위치가 낮아서 오후도 어렵지 않았다. 시진은 오후가 넘어지지 않도록 양손으로 잘 잡아 주었다. 로커룸이 있는 탈의실은 익숙한 공간이지만 어둠 속에서 시진과 둘이 있으려니 어색하고 긴장되었다.

탈의실은 문 하나를 사이에 두고 오른쪽에 남자, 왼쪽에 여자가 쓰는 공간으로 분리되어 있었다. 오후는 여자 탈의실로 들어가 자신의 로커룸 비밀번호를 눌렀다. 지난주에 협찬받은 겨울 롱 패딩이 비닐도 뜯기지 않은 채 그대로 보관되어 있었다. 패딩을 걸치자 기분이 한결 나아졌다. 등받이 없는 좁고 긴 의자에 등을 대고 누워 보았다. 천장을 바라보니 그제야 한숨이 나왔다.

"괜찮아?"

저편에서 시진의 목소리가 들려왔다.

"응."

나지막한 소리로 오후가 답했다. 곧이어 의자를 끌어당기는 소리가 났다. 시진이 남자 탈의실 출입구 가까이 의자를 가져다 놓은 모양이었다.

"너 거기 있어?"

오후가 목소리를 낮춰 물었다.

"응, 출입구 가까이에 있어."

어둠 속에서 오후는 마음이 한결 편안해졌다. 시진의 숨소리가 가느다랗게 들려왔다. 들숨과 날숨의 소리. 이편의 소리가 저편으로도 들리겠지. 창가로 달빛이 스며들었다.

"왜 집 나왔는지 안 물어봐?"

"엄마랑 싸웠겠지."

오후는 피식 웃었다. 잠이 올 것 같지 않았다. 의자에서 내려와 탈의실 벽에 기대앉았다. 고요했다. 무서움이나 두려움이 사라진 편안하고 조용한 상태. 공간은 어두운데 마음은 조금씩 환해졌다.

"시진아, 고마워."

"두 번째다. 그만 말해라."

"네가 올 줄은 정말 몰랐어."

"근처에서 일하고 있었어."

"갑자기 궁금해서 그러는데 네 엄마는 어떤 분이셔?"

저편에서 음, 하는 시진의 소리가 들려왔다.

"자신보다 가족을 더 사랑하는 사람."

"그렇구나."

둘은 잠시 말이 없었다. 침묵 속에서 오후는 오 여사를 떠올렸다.

오 여사도 다른 삶을 꿈꾼 적이 있었을까? 퇴근하고 돌아온 남편을 위해 요리를 하는 아내, 아이들의 간식을 손수 만들며 콧노래를 부르는 엄마, 주위 다른 집들과 음식을 나눠 먹으며 사이좋게 지내는 다정한 이웃이 되고 싶지는 않았을까? 문득 오래전 그날이 떠올랐다. 오후가 초등학교 때였다. 학교에서 돌아와 현관문을 열었는데 그만 깜짝 놀랐다. 문 앞에 남자 구두가 놓여 있었기 때문이다. 손님이 온 줄 알았는데 집 안은 여느 때처럼 조용했다. 오후가 구두를 신발장에 도로 집어넣으려 하자 오 여사가 "그냥 둬."라고 말했다. 그날 이후부터 현관 앞에는 남자 신발이 항상 놓여 있었다. 이제는 익숙한 광경이지만 여전히 궁금했다. 일부러 신발을 꺼내 놓는 그 마음이란 무엇일까? 오 여사가 자신만의 삶을 갖기 위해 음악을 듣는다거나 커피를 마시며 혼자만의 생각에 빠져드는 모습은 보지 못했다. 다만 신발장 앞에서 고심하는 얼굴로 서 있는 걸 몇 번인가 보았다. 고작 현관에 신발을 꺼내 놓는 것으로 다른 삶을 꿈꾸는 걸까?

창밖에 둥근 달이 떠 있었다. 오 여사가 싫어서 집을 나왔는데 계속 오 여사만 생각하다니.

"자니?"

시진이 오후를 불렀다.

"아니. 잠깐 생각하고 있었어."

"걱정되면 문자라도 남겨."

시진의 말에 오후는 뜨끔했다. 괜히 퉁명스레 답했다.

"지금은 싫어."

"그만 잘래?"

시진이 나지막하게 물었다. 오후는 조금만 있다가, 하고 대답했다.

"시진아."

"응?"

"난 요즘 계속 지고 있어. 지고 나면 그 경기 장면이 머릿속에 자꾸 떠올라. 빨리 잊어야 하는데 그게 안 돼. 그래서 다음 경기도 망치고 또 그다음도 망쳐."

시진은 말 대신 듣고 있다는 듯 숨을 크게 내쉬었다. 오후는 계속 말했다.

"사람들은 나보고 이제 열정이 없대. 게임에서 다 보이는 거지. 그래도 팬들의 목소리와 환호가 사방에서 들리는 꿈을 꾸고 난 아침이면 이상하게 눈물이 나."

"뭐가 제일 두려운 거야?"

재능으로 인정받던 선수가 이제 재능이 없다는 말을 듣는 거였다. 그래서 일부러 열심히 하지 않고 경기를 대충 마무리 지었다. 사람들이 컨디션 문제로 봐 주기를 바랐지만 그게 얼마나 한심한 짓인지 스스로도 알았다. 반복되는 어리석은 모습에 이제는 완전히 지쳐 버렸다. 오후는 옆으로 돌아누워 몸을 잔뜩 움츠렸다.

"겁먹은 것 같아."

"우리 아버지가 한 말인데. 흔히 일이 잘 풀리는 사람을 두고 운이 좋다면서 신이 도왔다고 말하잖아. 그런데 신은 승리가 아니라 패배에 개입하는 거래."

"무슨 의미야?"

"사람은 실패를 통해 더 많이 배우니까. 실패가 없다면 절 대 성공할 수 없대. 그러니까 신이 자꾸만 나를 힘들게 하고 실 패를 경험하게 하면서 내가 성장할 수 있도록 돕는 거지."

오후는 시진의 말을 들으며 자신 역시 운이 좋은 날에만 믿지도 않는 신을 찾았다는 걸 깨달았다. 운이 좋으면 신마저 자신을 돕는다고 여겼고, 운이 나쁘거나 힘든 날에는 온 우주 를 원망했다. 하지만 시진의 말에 따르면 지금의 고통이 자신 을 달라지게 한다는 의미였다. 계속 지는 게임에서 자신감을 얻을 수 있을까? 정말 내가 이겨 낼 수 있을까?

"아버지 멋지다."

"좋아질 거야."

"자꾸 용기 주지 마. 그러면 너를……."

"자라. 나 피곤하다."

잠시 후 저편에서 고른 숨소리가 들려왔다.

시진은 벌써 잠이 든 모양이었다. 하루가 고단했을 텐데 자신마저 귀찮게 한 것 같아 미안한 마음이 들었다. 오후도 그 만 자고 싶었다. 내일부터 머리가 더 아파질지 모르니 아무 생 각 말고 자자. 눈을 꼭 감았다.

아침 햇살이 비치자 서서히 정신이 들었다. 그제야 오후는 여기가 어디인지 알았다. 탈의실 안에 떠다니는 부연 먼지 층이 눈에 들어왔다. 익숙한 공간이지만 낯설게 느껴졌다. 오후는 기지개를 길게 켰다. 시진은 잘 잤을까? 그때 밖에서 탕, 탕, 소리가 들려왔다.

오후는 코트로 나왔다. 새벽 공기를 가르며 연습하는 시진의 모습이 보였다. 시진은 자동 연습 기계에서 나오는 공을 쫓아 달리고 있었다. 백핸드와 포핸드를 번갈아 연습하는 속도에서 파워가 느껴졌다. 자신에게 집중하면서 모든 열정을 내뿜는 모습은 밝아 오는 해의 모습과 닮아 있었다. 강렬하고 아름다워서 또다시 오후를 사로잡았다.

오후는 시진의 모습을 카메라에 담고 싶었다. 영상 속 시진의 등뼈가 활처럼 휘었다가 펴졌다. 표범처럼 자연스럽고 유연하게 몸을 날리는 동작에서 광채가 나는 듯했다. 자신의 목표를 가슴 깊이 품고 있는 사람만이 뿜어낼 수 있는 빛. 오후는 확신할 수 있었다. 비록 지금은 자신의 눈앞에서 강력한 샷을 날리고 있지만 언젠가 세계 무대에 선 너를 보겠구나.

"네 영상 찍었는데 싫으면 지울게."

"보내 줘. 백핸드 자세 보고 싶어."

시진은 자신의 영상을 분석하듯 바라보았다. 오후는 힘주어 말했다.

"넌 다음 대회도 반드시 우승할 거야."

"요즘은 그런 생각이 들어. 테니스가 좋은 건 꼭 우승을 해서가 아니라는."

"그래도 이기는 게 우리의 목표고 꿈 아니야?"

"로저 페더러는 300주 이상 1위 자리를 지켰어. 세계 랭킹 1위 자리에 오르는 일도 대단하지만 그것을 유지하는 일은 더 한 경이로움 같아. 더는 올라갈 곳 없는 선수가 어떤 마음으로 매 경기에 출전했을까? 그 선수는 랭킹이나 우승이 아니라 자신이 펼칠 수 있는 좋은 경기에 더 마음을 두지 않았을까?"

"……."

"비너스 윌리엄스는 테니스 선수로는 노장이고 셰그렌 증후군이라는 희귀병을 앓고 있지만 꾸준히 대회에 참가하잖아. 전 세계 랭킹 1위였고 남녀 통틀어 올림픽 테니스 메달을 가장 많이 딴 선수인데 여전히 테니스장을 떠나지 않아. 작은 지역 대회에 나가서 어떤 경기는 1회전에서 탈락해도 말이야. 테니스를 진심으로 사랑해서 가능한 것 같아."

오후도 그들의 순수한 열정과 도전을 알고 있었다. 진짜 승자란 이기고 지는 목표에 꿈을 두지 않는 것일지 몰랐다. 오후는 잠시 생각에 잠겼다가 시진을 보며 말했다.

"너를 보면 자꾸만 더 무언가를 상상하게 돼. 난 이런 말을 할 줄 아는 네가 진짜 멋져. 어떡하지?"

"연습하자."

시진은 아무 말도 듣지 못한 사람처럼 코트에 섰다. 자세를 잡고 공을 날렸다.

그랜드 슬램

내년 봄에 열릴 국제 대회 참가 문제로 분위기가 술렁였다. 미르, 다미, 가혜는 모두 자격 기준을 갖추고 신청을 끝낸 상태였다. 석기와 오후는 자격 미달로 출전할 수 없었다. 문제는 시진이었다. 자격은 충분했지만 경비가 부족했다. 숙박과 숙식비, 비행깃값까지 최소 2000만 원의 경비가 필요했고 당장 참가비를 내야 했다. 출전만 한다면 우승하고 상금을 받을 확률이 높지만 그건 나중 일이다. 신청 마감이 3주도 남지 않은 상황이었다. 만약 시진이 국제 대회를 나가지 못한다면 지난 1년 동안 국내 대회에서 쌓은 우승 포인트는 시간 경과에 따라 사라졌다. 그렇게 되면 다시 국내 대회를 다니며 우승 포인트를 쌓아 다음 출전을 기약해야 했다.

코치가 시진을 불렀다. 두 사람은 체육 도구실로 가는 좁은 길목에 서서 낮은 소리로 대화했다.

"시진아, 학교에서 지원이 힘들게 되었다. 그런데 상황을 도저히 이해할 수가 없어."

말을 하는 코치의 표정이 어두웠다. 코치는 다시 조심스레 말문을 열었다.

"아버님 요즘도 계속 시위 현장에 계시니?"

"그게 이 일과 무슨 상관이죠?"

"확실하진 않지만 아무래도 아버님 일로 기업이나 재단에서 너를 돕기를 망설이는 것 같아. 그러지 않고서야……. 내가 아버님을 만나서 이야기해 볼까?"

"확실한 것도 아니잖아요."

"그건 그렇지만……."

"제 힘으로 할게요."

"네가 감당할 수 있는 금액이 아니야. 일단 내가 다른 쪽에서 후원자를 좀 찾아볼게."

"고맙습니다."

시진이 힘없이 고개를 떨구었다.

"시진아, 절대로 포기하지 마라. 나는 믿는다."

코치가 시진의 등을 두드렸다.

탈의실에 가려던 오후는 멈춰 서서 그들의 대화를 전부 엿들었다.

그날 밤 오후는 일찍 잠자리에 누웠다. 몸을 뒤척였지만 잠이 오지 않았다. 낮에 들은 말이 도무지 믿기지 않았다. 돈 때문에 시진이 대회를 나가지 못할 수 있다니. 그 많은 국내 대회에서 죽도록 노력해 포인트를 얻었는데 참가조차 불가능할 수도 있다니. 왜 아무도 시진을 도와주지 않는 걸까.

"우리 아버지는 노란 조끼를 입은 사람 중 한 명이야. 그건 다른 사람의 목숨을 구하는 색이지."

지난번에 공원에서 우연히 만났을 때 시진에게 들었던 이야기가 생각났다. 그날 오후는 시진의 아버지가 무슨 일 때문에 그곳에 있었는지 확실히 알지 못했다. 시진의 후원이 아버지와 무슨 상관이 있는 걸까? 오후는 자세히 알고 싶어졌다. 구글링해서 검색하다 영상 하나를 재생시켰다.

노란 조끼를 입은 세 명의 남자가 의자에 묵념하듯 앉아 있었다. 이어 그들의 머리카락은 완전히 다 잘려 나갔고 영상 속 사람들은 큰 소리로 "죽음을 방치 마라."라는 구호를 외쳤다. 그들 뒤로 현수막 글씨가 크게 보였는데 "건설 노동자의 죽음은 계속되고 있습니다." "건설 안전 특별법 즉각 제정하라."

라는 글귀가 보였다. 9분 26초의 영상은 끝이 났다. 조회 수는 200도 넘지 않았다.

오후는 한 번도 상상해 본 적 없는 세상과 마주한 느낌이었다. 그러나 자신이 속한 세상이 분명했고 무엇보다 시진의 세상을 더 자세히 알고 싶었다. 시위, 투쟁, S건설, 한강 삭발 시위, 낯선 단어 들을 열심히 검색해 보았다. 그러다 3년 전 실린 기사에서 시진의 사진을 발견했다. 신문 기사 제목은 "아무도 돌아보지 않았던 농성"이었다. 한 남자가 80미터 높이의 주탑에서 고공 시위를 벌였다. 그의 모습은 조금 전 영상에서 보았던 사람 중 한 명이었다. 날카롭게 빛나는 눈매가 시진과 무척 닮았다.

그가 그곳에 오른 이유는 자신과 동료들에게 밀린 임금을 달라는 거였다. 그는 밤이 되면 주탑 안에서 바람 소리, 차 소리가 거세게 들려왔는데 그게 꼭 주위 사람들의 고통받는 울음소리 같다고 토로했다. 그는 35일 동안 동료들이 밧줄에 매달아서 올려 주는 음식을 받아먹으며 버텼다. 그러나 생각보다 언론과 사람들이 관심을 두지 않았고 경찰의 협박에 결국 내려와야만 했다. 그는 주탑에서 내려와 제일 먼저 아들을 꼭 껴안았다. 그 사진이 신문 기사에 크게 실렸는데, 분명 시진이었다. 그는 주탑에서 내려와 곧장 조사를 받기 위해 경찰서로 향했다고 기사에는 적혀 있었다.

기사 아래쪽을 보니 시진 엄마의 인터뷰 내용도 함께 실려 있었다. 남편은 아무 잘못도 없다. 건설 현장에서는 매일 사람들이 죽어 나가고 있다. 자신의 남편은 건설 노동자의 처지를 바꾸기 위해 목숨을 걸고 싸우고 있을 뿐이다. 아무 죄가 없는 그가 업무 방해 혐의로 구속되었다며 부디 도와달라고 호소했다.

오후는 공사 현장에서 사람들이 어떻게 일하는지 여태껏 알지 못했다. 계속해서 기사를 찾아 나갔다. 어제 날짜로 한 건설 노동자가 화장실도 제대로 없는 일터에서 장시간 노동을 하다 과로로 쓰러졌다는 내용을 읽을 수 있었다. 또 불과 며칠 전에도 20층 높이의 타워 크레인에 한 노동자가 올라갔다는 기사가 눈에 보였다. 어느 책에는 매년 800여 명이 일하다가 사고로 죽는다고 적혀 있었다. 오후는 두 눈을 크게 뜨고 기사를 보고 또 봤다. 기업이 은폐시키고 사람들의 무관심으로 억울한 죽음은 알려지지 않고 있다는 부분에서 오후는 멈칫했다.

이게 시진이 아는 현실이구나. 그런데 자신은 아무것도 몰랐다. 아니, 어떤 이야기는 오후도 모르지 않았다. 그러나 그동안 많은 것을 외면하며 살아왔다. 부모가 없는 아이들, 엄마가 아픈 아이들, 폭력에 시달리는 아이들, 생리대를 사지 못하는 아이들, 밥을 굶는 아이들, 나라를 잃고 난민으로 떠도는 아이들. 오후는 그런 아이들의 어려움을 아예 보려고 하지 않았다. 많은 시간 오후가 보려고 애쓴 것들은 온라인 셀럽들이었다. 경기장에서도 크게 다르지 않았다. 자신보다 순위가 높은 선수만 쳐다보면서 그들을 부러워했다. 그들과 비교하며 오후 자신은 쉽게 불행에 빠져들었다. 오후는 온갖 후원과 협찬을 받으면서도 현실에 불평불만이 많았다. 테니스에 더 매진하려는 노력보다 경기가 풀리지 않는다고 투덜거렸다. 늘 자신 앞에 놓인 고민에만 급급했다.

오후는 자신이 속한 진짜 세상을 보려고 하지 않았다는 것을 인정했다. 그러니 가까이에 있는 시진의 마음도 제대로 헤아리지 못할 수밖에. 시진을 진심으로 좋아한다면, 시진의 세상 안으로 들어가야 했다. 시진이 보는 것을 보고 듣는 것을 듣고, 느끼는 것을 함께 느끼고 싶었다. 그러기 위해서는 자신부터 먼저 솔직해져야 했다.

오후는 '즐거운 오후' 라이브 영상을 켰다. 혼자 오롯이 카메라 앞에 앉은 건 오랜만이었다. 누구든 들어온다면 오늘은 진솔한 대화를 나누고 싶었다. 누군지 알 수 없고, 얼굴 생김새도 모르지만 자신을 응원해 주는 사람들이 있다는 게 때론 힘이 되었다. 미르처럼 자신의 영상을 보며 테니스를 시작했다는 말을 들으면 믿기지 않았다. 따지고 보면 오후가 계속 테니스를 할 수 있었던 것도 그들의 힘이었다. 그들의 응원에 기대어 여기까지 왔는데. 지난번 장 코치 사건도 구독자들의 힘이 아니었다면 학교는 크게 관심 두지 않았을 일이다. 오후는 자신을 사랑해 주는 익명의 사람들을 더는 속이고 싶지 않았다. 나2가 아닌 나1의 모습으로 방송하고 싶었다.

"안녕하세요. 오늘은 테니스장이 아닌 제 방에서 여러분과 이야기를 나누고 있어요. 저는 고민이 많아요. 저를 지켜본 분들이라면 잘 아시겠지만 요즘 제 테니스 실력이 정말 형편없죠? 그래서 말인데요. 저는 테니스를 그만두어야 할지도 모르겠어요. 겁이 나는 건 사실이에요. 제가 할 줄 아는 게 테니스밖에 없으니까요. 하지만 앞으로는 더 많은 걸 배울 수 있으면 좋겠어요. 여러분에게 부끄럽지 않은 오후가 되고 싶어서 제 생각과 결심을 제일 먼저 알려 드려요."

ㄴ 오후 힘내라.

ㄴ 테니스를 치지 않는 오후도 멋지다.

댓글이 빠른 속도로 올라왔다.

"저는 줄곧 사람들의 시선 속에 살았어요. 하지만 사람들이 아는 '나'를 뺀 것이 진짜 '나'일지도 몰라요. 저는 매일 아침

불안 속에서 깨어났고 그런 나약한 저를 엄마는 좋아하지 않았어요. 엄마의 기대는 늘 벅찼어요. 엄마를 사랑하지만 이해할 수는 없었어요."

　└ 저는 오후 님이 늘 행복해 보였어요. ㅠㅠ

"감사해요. 많은 분이 사랑해 주셔서 유튜버로 테니스 선수로 행복했어요. 하지만 그만큼 감당해야 할 몫도 컸죠. 기대가 클수록 저 자신뿐 아니라 다른 사람들도 실망시켰어요. 이제는 보이는 것과 다른 있는 그대로의 오후를 보여 드리고 싶어요. 이렇게 제게 용기를 준 그 친구에게 정말 고마워요."

　└ 좋은 친구를 만나서 다행이네요.

　└ 와!! 어떤 친구인지 궁금해요. 살짝 소개해 줘요.

"그 친구요? 그 친구는 저와 다르게 테니스를 진심으로 좋아해요. 그 아이가 던진 공에는 모든 게 담겨 있죠. 그 흔들리지 않는 마음을 지켜 주고 싶은데……."

　└ 오후 님, 울지 마세요.

　└ 오후가 친구 고민하는 거 처음 봄.

　└ 마자마자. 근데 그 친구가 누구임?

"죄송해요. 제가 갑자기 왜 이러는 걸까요? 저는 그 친구 때문에 다른 세상을 볼 수 있었어요. 누군가를 진심으로 좋아한다는 건 이런 거겠죠. 나만의 세상에서 걸어 나와 그 친구의 세상으로 가 보는 거. 친구가 좋아하는 모습을 보고 싶은데…… 그 친구가 지금 어려운 상황에 부딪혀 있는데 도울 방법이 없어서 너무 막막해요. 꼭 국제 대회에서 우승하는 모습을 보고 싶은데……."

└ 혼자 고민하지 말고 우리에게 말해 보세요.

└ 어려운 상황이 혹시 돈?

└ 우리가 후원한다!!

└ 오후 님이 후원자를 찾아 주면 되잖아요.

└ 마자마자. 친구라면 어려울 때 도와야죠.

오후는 눈물을 닦았다. 함께 지켜 주자는 말이 어쩐지 불가능을 가능으로 만들 것 같았다. 지금 실시간 시청자는 3,000명이었다. 이 중 누군가는 시진을 도울 수 있지 않을까? 눈 밝은 사람이라면 시진을 알아볼 거야. 오후는 잠시 망설이다 시진의 영상을 올렸다. 시진이 연습하는 모습이었다.

└ 진심 미래의 유망주 포스.

└ 검색해 봤는데 현재 남자부 랭킹 1위인데 후원자가 없다고요?

└ 돈 없어 대회를 못 나간다는 게 말이 됨?

사람들의 마음도 오후의 마음과 크게 다르지 않았다. 오후는 막막했던 마음에서 조금 벗어날 수 있었다. 오늘처럼 방송이 편안하게 느껴졌던 적은 없었다. 오후는 시청자들에게 자신의 달라진 모습을 기대해 달라고 인사하고는 마무리했다.

아침에 일어나자 온몸이 두들겨 맞은 듯 아팠다. 정신을 차리기 위해 욕실로 갔다. 더운물을 조심스럽게 틀었다. 따뜻한 물이 어깨를 적셨다. 지난밤에 무슨 짓을 한 거지? 이번에는 레버를 돌려 차가운 물을 틀었다. 물줄기가 차가운 비처럼 때렸다. 그제야 정신이 들었다. 미쳤어. 미친 거야. 시진에게 묻지도 않고 영상을 올렸어. 무언가 크게 잘못한 기분이 들었다.

거실로 나오자 오 여사의 표정이 심각해 보였다. 노트북 화면을 집중해서 보느라 오후에게 눈길조차 주지 않았다. 어젯밤 라이브 방송을 벌써 본 건가? 눈치를 살피고 있는데 오 여사가 깊게 한숨을 쉬며 안방으로 들어가 버렸다. 문을 쾅 소리가 나게 닫았다.

그날, 오후가 하룻밤을 밖에서 보내고 돌아왔을 때부터 오 여사는 침묵했다. 어디서 무얼 했는지 묻지 않아 오히려 긴장한 쪽은 오후였다. 무슨 꿍꿍이가 있는 게 분명했다. 그러지 않고서야 이렇게 가만히 내버려둘 리가 없었다. 언제 몰아칠지 모르는 태풍을 기다리는 수밖에.

오후는 아침으로 시리얼을 먹었다. 식탁에 오 여사의 노트북이 그대로 열려 있었다. 중고 사이트에 제품을 올려 둔 화면이 보였다. 그렇지 않아도 식탁이 계속 반품되어 신경 쓰였다. 거실에 반품된 식탁 세 개가 공간을 다 차지하고 놓여 있다. 오후는 닫힌 방문 앞으로 다가갔다. 안에서 말소리가 들려왔다. 누군가와 심각하게 대화를 나누는 것 같은데 정확한 내용은 알 수 없었다. 무슨 일 생긴 건 아니겠지? 반품 때문에 예민해졌나. 하지만 더는 신경 쓰지 않기로 하고 발걸음을 떼었다. 자신의 문제로도 머리가 터질 지경이었다. 그릇을 씻어 정리해 놓고는 조용히 집을 나왔다.

교실에 도착하자 미르가 기다렸다는 듯 손을 흔들며 반겨 주었다. 오후는 자리에 앉아 가방에서 필통을 꺼내며 말했다.

"나 오늘부터 공부할 거야."

"너 공부에도 재능 있어?"

"공부도 재능이야?"

"당연하지. 너 재능 있어서 방송하는 거야. 카메라를 의식 안 하잖아. 아주 편안하게 끌고 가잖아."

"됐고, 오늘 첫 수업 뭐야?"

"애들이 수학책 펴 놓고 있는데……."

미르가 말했다.

오후는 책상 서랍에서 수학책을 꺼내 결의에 찬 표정으로 펼쳤다. 이제부터 다른 아이들처럼 공부할 거다. 수학 문제를 가만히 들여다보았다. 1번 문제부터 까다로웠다. 앞장을 넘겨 설명을 보고 또 보았다. 봐도 어려웠다. 아니, 이해 자체가 되지 않았다. 고개를 들어 교실 속 아이들을 보았다. 모두 무언가를 열심히 하고 있었다. 쉬운 건 아무것도 없구나. 테니스가 제일 어려운 줄 알았는데 아이들도 힘들게 해내고 있었다. 오후는 수학책을 그만 덮어 버렸다.

다음 역사 수업도 마찬가지였다. 오후는 자세를 바르게 하고 앉아 두 눈을 부릅떴다. 열심히 따라가 보려고 하는데 연도와 사건이 정리된 표가 끝도 없이 이어지자 한숨이 나왔다. 이걸 다 외우라고? 눈앞이 막막해졌다.

국어 시간에는 문법에 관한 설명을 집중해서 들었는데 들을수록 한국말이 아닌 것 같았다. 구개음화라니. 발음도 어렵잖아. 급식 시간이 되자 오후는 정신이 혼미해졌다. 급식도 포기하고 그대로 책상에 엎드렸다.

얼마나 잤을까? 누군가 오후의 어깨를 두드렸다. 가혜였다.

"테니스장에 어떤 신사가 왔어."

"무슨 소리야?"

"시진이를 돕겠대. 지금 코치랑 셋이서 이야기하고 있어."

오후와 가혜는 테니스장으로 뛰어갔다. 테니스장 한가운데 70대 정도로 보이는 노인이 서 있었다. 깔끔한 정장 차림에 기품 있어 보이는 모자를 쓰고 있었다.

"열심히 사는 사람에게는 좋은 일이 생겨야 하지 않겠어요? 시진 학생을 꼭 보고 싶었어요. 절대 포기 말아요."

어리둥절한 표정으로 서 있는 시진을 대신해서 코치가 연신 몸을 숙였다.

"대박. 이 타이밍에 독지가가 등장한 거야."

가혜가 오후의 귀에 대고 속삭였다. 둘은 약간의 거리를 두고서 셋의 모습을 집요하게 바라보았다.

"그럼 이제 시진이도 대회 나가겠지?"

"당연하지. 근데 저 사람 말이야. 어떻게 알고 찾아왔을까?"

가혜는 신기하다는 듯 고개를 갸웃거렸다.

"있잖아. 사실은 말이야……."

오후는 망설이다 가혜에게 어젯밤 방송 이야기를 했다.

"결과적으로 시진이에게 잘된 일이잖아."

"하지만 도와달라고 한 적은 없잖아. 영상도 내 마음대로 올렸고."

"그래서 너 시진이에게 다 말할 거야?"

"그럼 비밀로 하자고?"

"내 생각에는 그게 좋을 것 같아. 너는 오직 시진이 대회 나가기를 바라서 한 일인데 시진이가 화낼 수도 있잖아."

"나도 그게 무서워. 이 사실을 알게 되면 시진이가 대회에 안 나간다고 할까 봐."

"대회에서 돌아온 다음에 말해. 그때 가서야 뭐, 어쩌겠어. 조금 늦은 타이밍에 고백하라는 거지."

"사실 저 사람이 내 방송 보고 왔는지 확실한 것도 아니잖아."

"그러니까 중요한 것만 생각해."

가혜가 작게 속삭였다. 오후는 고개를 끄덕였지만 불안함은 여전했다.

댓글의 방향

"너는 유튜브 스타야, 테니스 선수야?"

코치가 호통쳤다. 오후는 어제 훈련에 빠졌다. 이유를 설명해야 하는데 선뜻 말이 나오지 않았다. 간절히 해내고 싶지만 해내지 못하는 그 마음을 어떻게 설명할 수 있을까? 오후는 그만 고개를 수그렸다.

"저쪽으로 가서 기다려."

오후는 상담실로 향했다. 둥근 탁자에 코치와 마주 앉았지만 둘 다 말이 없었다. 코치가 먼저 침묵을 깨뜨렸다.

"내가 아는 한 테니스에서 약속된 움직임 따위는 없어. 상대의 공이 어떻게 날아올지 모르니까. 그러니 테니스에서 가장 중요한 건 상대도 공도 아니라 자신과의 싸움이야. 정신력이 무너지면 모든 게 무너져."

오후의 마음을 읽기라도 한 것 같았다. 고개를 들고 코치
의 이야기를 계속 들었다.

"어릴 적에는 다양한 샷을 구사할 줄 안다는 칭찬을 받았
겠지만 지금은 느린 공이 날아오면 어떻게 받아 칠까 고민하다
가 놓치고 있어. 네가 지나치게 생각이 많다는 이야기야. 공 자
체에 집중해 봐."

테니스에만 집중할 수 없다는 지적은 정확했다. 너무 많은
것이 오후를 둘러싸고 있었다. 달라지기 위해서는 결단이 필
요했다.

"방송도 테니스도 쉬고 싶어요."

"떠나 있으면 답을 알 수 있을 것 같아서?"

코치는 선선히 시간을 허락해 주었다.

"3주야. 대신 테니스장 청소라도 해. 넌 테니스부잖아."

오후는 고개를 끄덕였다.

다음 날, 그다음 날도 오후는 등교해서 어김없이 실외 테
니스장으로 갔다. 어젯밤 늦게까지 연습한 아이들의 흔적을
치우기 위해서였다. 주변에 흩어진 빈 페트병부터 한곳으로
모았다. 벤치에는 땀에 전 운동복들이 쌓여 있었고, 그 주위에
는 과자 봉지와 면발 한 줄기가 딱딱하게 눌어붙어 있는 컵라

면 용기도 보였다.

"청소 같이하자."

탈의실에서 교복으로 갈아입고 나온 미르가 빗자루를 들고 서 있었다.

"나는 이거라도 안 하면 쫓겨나."

"너 최애의 기본자세가 뭔 줄 아니?"

미르의 말에 오후는 "뭐?" 하고 퉁명스레 물었다.

"나의 최애가 보는 곳을 나도 본다, 그리고."

"그리고?"

"나의 최애가 하면 나도 한다."

미르는 소매를 걷어붙이고 빗질을 시작했다. "고마워." 오후는 낮게 중얼거렸다.

둘은 청소를 끝내고 벤치에 앉았다. 미르는 환한 미소로 오후를 보다가 손을 길게 뻗었다. 손끝에 오후의 머리카락이 닿았다.

"너 코트에서 가장 많이 하는 일이 뭔 줄 알아?"

미르가 말했다. 오후는 모르겠다는 표정을 지어 보였다.

"기다리는 거야."

미르는 말을 해 놓고 오후의 표정을 조심스레 살폈다. 그러고는 덧붙였다.

"공을 말이야."

그때 테니스장 문이 열리고 시진이 들어왔다. 미르는 오후를 향해 뻗었던 손을 멋쩍게 거두었다.

시진은 무표정한 얼굴로 오후와 미르를 지나쳐 걸어갔다. 오후의 고개가 저만치 앞서 걸어가는 시진을 향해 돌아갔다.

미르는 옆에 앉은 오후와 아주 멀어진 기분이 들었다. 시진은 평소 말이 없는데 그 침묵조차 훈련 같았다. 같은 동작을 백만 번도 더 연습하는 녀석을 보면 질투가 나기보다 미르 자신도 저렇게 되고 싶다는 마음이 먼저 들었다. 하지만 자신을 괴롭히는 존재라는 것은 분명했다. 오후의 시선이 시진을 향할 때마다 화가 났다.

저편에서 "집합!" 하는 소리가 들려왔다. 다미가 두 다리를 힘껏 늘리며 스트레칭을 하다가 뛰어왔다. 가혜와 석기는 나란히 붙어 뛰어왔다. 코치가 모두에게 말했다.

"구령에 맞춰 다 같이 운동장 뛰어."

오후 혼자 말없이 테니스장을 나왔다. 운동장을 지나 교실로 향했다. 나1을 숨기고 나2를 장착하자. 어깨가 너무 빳빳하진 않은지, 시선이 불안해 보이지 않는지 온갖 신경을 쓰면서 계단을 한 칸씩 올랐다.

교실은 소란스러웠다. 오후는 미술 과목 조별 수행 평가를 해내지 못했다. 그림에 관한 자료 조사였는데 자신이 정확히 무얼 해야 하는지를 이해하지 못했다. 팀원에게 민폐만 끼쳤다. 조원 중 한 아이에게 다가갔다. 그 애는 핸드폰을 보면서 오후를 힐끔거렸다. 뭔가 재미있다는 표정을 짓고 있었다. 순간 오후는 불길한 예감이 들었다. 그때 한 아이가 오후 곁을 지나며 대놓고 비웃었다.

"우리 엄마도 구매했다는데 피해 보상 해 줘야 하는 거 아니니?"

아이들 몇이 동시에 웃어 댔다.

"조용히 해. 오후야, 너 별일 없는 거야?"

한 아이가 다가와 걱정스러운 얼굴로 물었다. 오후는 그대로 교실을 빠져나왔다. 화장실로 가는 내내 가슴에서 조용히 들끓는 진동이 느껴졌다. 요즘 엄마가 이상했어. 말이 없고 얼굴빛이 어두웠다. 입맛이 없다며 밥도 거의 먹지 않았다. 그런 무관심과 냉대가 자신 때문이라고 생각했는데 무슨 일이 생긴 게 분명했다.

'즐거운 오후'에 들어가 봤지만 특별할 게 없었다. 응원의 댓글이 추천 글로 올라와 있었다. 아래로 스크롤 하자 악플도 달려 있었다.

┗ 지난번 게임 보니까 오후는 끝났어.

이제 이런 말에는 내성이 생겨서 무시했다.

┗ 옷으로 테니스 치니?

┗ 쭉 뻗은 다리 외에는 볼 게 없음.

지겹지만 이런 댓글은 눈 한 번 질끔 감고 넘길 수 있었다.

┗ 그 엄마에 그 딸.

┗ 사기꾼 엄마랑 사는 기분은 어떨까?

오후는 자신에 관한 악플은 적당히 무시할 수 있다. 하지만 오 여사를 언급하면 상황이 달라졌다. 가슴 밑바닥에서부터 무언가가 끓어올랐다. 엄마를 욕할 수 있는 사람은 오직 자신뿐이다. 오후는 불편한 마음을 억누르고 이번에는 오 여사가 운영하는 '오후의 집' 사이트로 들어갔다.

┗ 딸 좀 그만 팔아라. 촬영한 그릇들 공짜로 받아서 팔았다는 제보도 있더라.

┗ 미혼모인데 여태 주부 행세.

┗ 이건 사기 사건이라고 봐요. 저 말고도 피해 사례 있는 분들 말씀하세요.

┗ 여울맘 님 찐 핵 사이다!!

┗ 저도 정신 차리고 비교해 보니 다른 사이트보다 훨씬 비싸네요. 정말 배신감 느껴 반품하려고요.

ㄴ, 직접 제작!! 사기 아닌가요? 기존 제품에 달랑 장식 하나 달아서 두 배로 받다니. 완전 사기꾼.

ㄴ, 그 딸이 불쌍해.

ㄴ, 딸도 한패.

ㄴ, 당장 환불해라.

이런 적은 한 번도 없었다. 오 여사를 비난하는, 도를 넘어서는 발언이 오후의 눈앞에서 실시간으로 올라왔다. 가슴이 답답하고 손가락 끝이 떨렸다. 참을 수 없는 분노와 슬픔이 한꺼번에 밀려왔다.

오 여사가 제작한 식탁은 100개 한정 수량으로 공구 판매가 진행되었다. 어디서도 보기 힘든 특별한 디자인이라 인기가 많아서 판매가 금세 종료되었다. 작년 겨울에 내놓았던 식탁은 공구가 3차까지 진행되었다. 그런데 식탁에 이어 인테리어 소품들까지 죄다 문제 삼아서 반품해 달라고 아우성쳤다.

오후는 교실로 돌아왔지만 마음이 진정되지 않았다. 쉬는 시간마다 핸드폰을 들여다봤다. 하교 후 곧장 집으로 향했다. 집 안은 조용했고 오 여사는 안방 침대에 누워 있었다.

"공구 카페 봤어."

오 여사는 등을 돌린 채 누워 대답이 없었다. 이런 기운 빠진 모습은 처음이라 오후는 마음이 복잡해졌다.

"나한테는 악플 그런 거 신경 쓰지 말라며 본인은 왜 이러고 있대?"

생각과 달리 퉁명스러운 말투가 튀어나왔다.

"댓글이 아니라 돈 피해라 그렇지."

오 여사 등이 크게 움직였다 내려앉았다.

"일어나! 누워 있으면 해결이 돼?"

오후는 거칠게 말을 하면서도 조금 놀랐다. 과거에 오 여사가 자신에게 했던 답답하다는 투였다.

"일단 경찰에 명예 훼손으로 신고해. 악성 댓글에 시달리는 거 우리 처음 아니잖아."

"너는 테니스나 열심히 쳐. 네 일이나 잘하라고. 유학 갈 준비도 하고."

"지금 유학이 뭔 말이야! 나 같은 선수를 누가 보내 줘. 현실을 좀 직시하라고!"

오후가 소리를 꽥 질렀다. 그러자 오 여사도 고함을 쳤다.

"너 나가!"

오후는 방문을 세게 닫고 나왔다. 그러나 문 앞을 떠날 수 없었다. 싸우려고 했던 게 아니었다. 오 여사의 이야기를 듣고 싶었다. 오직 두 식구. 문제가 생겨도 둘이 해결해야 한다는 것을 누구보다 서로가 잘 알았다. 오 여사에게는 가까운 친척이

나 형제자매도 없었다. 작년에 유일한 가족인 할머니가 돌아가셨다. 한동안 오 여사는 걸핏하면 "난 이제 고아야, 늙은 고아."라는 말을 입에 달고 살았다. 분명 슬픈 말인데, 이상하게 스스로 놀리는 것처럼 들렸다. 둘만이 아는 농담이 있고 둘이서만 통하는 눈빛이 있다. 완전히 기운을 잃은 무기력해진 모습은 분명 도와달라는 신호인데 알면서도 화를 내고 말았다.

목소리를 내는 방법

시진은 놀이터 벤치에 앉아 있었다. 의자 깊숙이 등을 밀어 넣고 어떤 생각에 골몰히 잠겨 있었다. 오후는 두근거리는 마음을 진정시키기 위해 걸음을 천천히 했다. 조금 전 시진에게 문자가 왔을 때 오후는 눈을 비비고 다시 확인했다. 시진에게 먼저 연락이 왔다는 사실이 믿기지 않았다. 오 여사와 싸우고 방을 나온 직후였다. 걱정하던 마음은 온데간데없이 날아가 버리고 당장 입고 나갈 옷부터 걱정했다. 나오기 전에는 잊지 않고 틴트까지 챙겨 발랐다. 입술이 체리빛으로 반짝반짝거렸다.

다가가 옆에 앉았다. 너무 가까이 갈 수 없어서 가운데 한 사람 정도 앉을 만한 공간을 두었다. 혼자 괜스레 얼굴이 달아

올라서 오후는 양쪽 볼을 감싸 쥐었다.

시진은 반가워하기는커녕 계속 말이 없었다. 침묵이 이어졌다. 아니, 정적에 가까웠다. 오후는 잠깐의 시간이 영원처럼 길게 느껴졌다. 괴로워하는 엄마를 두고 신이 나서 나온 자신에게 죄책감마저 들었다. 들떴던 마음도 서서히 진정되었다. 그러자 어떤 예감이 몰려왔다. 그 영상 때문에 찾아온 걸까? 생각에 잠겨 있는 시진의 마음을 도무지 알 수 없었다.

"너한테 물어볼 게 있어서 왔어."

냉담해 보이는 시진의 얼굴빛에서 오후는 직감했다.

"내 영상 왜 올렸어?"

"그게 말이야……."

오후는 설명이 잘되지 않았다.

"왜 내 인생을 네 멋대로 하려는 거야?"

"너를 알려야만 도울 사람을 찾을 수 있을 것 같아서……."

"난 너의 도움을 받고 싶었던 게 아니야."

시진의 음성에는 화가 묻어 있었다. 오후는 발가락 끝에 힘을 주었다. 변명이든 사과든 해야 했다. 이제 꼴도 보기 싫다고 하겠지. 평생 자신을 용서하지 못할지도 몰랐다. 오후는 다급해졌다.

"미안해. 먼저 물었어야 했는데 그만……."

"그건 네 방식이지, 내 방식이 아니야."

"……."

"돈밖에 모르는 재벌 때문에 아버지가 장애인이 되었을 때 결심했어. 나는 내 방식으로 세상과 싸우겠다고. 너는 모르겠지만 누군가의 도움을 받는 게 쉽지 않은 사람도 있어."

"나도 도움받는 게 쉬운 건 아니야. 내가 애초에 원했던 일도 아니고."

오후도 그만 발끈했다. 주먹을 꼭 쥐고 계속 말했다.

"너를 돕고 싶은데 내가 아는 방법은 그것뿐이었어."

"오후야."

이름을 부르는 시진의 목소리에 힘이 실려 있었다.

"내가 원하는 건 아니었어."

오후는 순간 깨달았다. "내가 원하는 건 아니었어." 자신이 오 여사에게 수없이 했던 말이라는 걸. 스스로가 가장 싫어하는 방식으로 시진을 도왔다는 걸. 오후는 자리에서 벌떡 일어섰다. 뒤도 돌아보지 않고 걷기 시작했다. "내가 원하는 건 아니었어." 시진의 목소리가 뒤통수에 따라붙었다. 이제 내가 나를 용서할 수 없어. 쫓기듯 빠르게 걸었다. 내가 나빴어. 눈물조차 흘릴 자격이 없었다. 오후는 스스로가 한심해서 최대한 빨리 시진에게서 멀어지고 싶었다.

오후를 만나고 돌아와 시진은 강당에서 혼자 줄넘기를 했다. 복잡한 머릿속을 비우려는 듯 계속 몸을 움직였다. 오후의 도움은 받고 싶지 않아. 더 빠르게 줄을 돌렸다. 이대로 윔블던을 포기할 순 없어. 가난이 싫어. 시진은 줄넘기를 멈췄다. 오후가 아니라 사실은 자신에게 더 화가 났다. 땀이 눈가로 흘러내렸다.

강당 문이 열렸다. 놀랍게도 아버지였다. 아버지는 양복을 입고 삭발한 머리에 모자까지 써서 격식을 갖춘 차림새였다. 시진이 놀란 얼굴로 서 있자 아버지는 사무실에서 코치를 만나고 오는 길이라고 말했다.

"왜 말도 없이……."

"말하면 못 오게 했을 거 아니냐."

아버지는 국제 대회 참가 문제로 코치와 상의를 했다고 전했다. 시진은 대회 참가 거부를 밝혔고 코치는 강력하게 출전을 권하고 있었다. 괜히 아버지까지 끌어들여 마음이 불편했지만 오랜만에 보는 얼굴은 반가웠다.

시진은 강당 구석에 있는 접이식 의자를 펼쳐서 아버지가 편히 앉을 수 있도록 했다. 아버지는 시진에게 편의점 비닐봉지를 건넸다. 펼쳐 보니 우유와 빵이 들어 있었다. 시진은 의자를 하나 더 가져왔다. 배가 고프던 참이었다.

"당산나무 기억나냐?"

아버지는 뜬금없이 고향 이야기를 꺼냈다.

"느티나무였죠. 정말 대단했어요. 그 나무둥치에 올라 누워 있으면 시간 가는 줄 몰랐는데. 마을에 또래가 없어서 그 나무가 제 친구였죠."

"그런데 그 나무를 베겠다니 내가 어찌 가만히 있겠냐."

시진은 그 말에 놀랐다. 온전히 마을을 위해서가 아니었구나. 아버지가 했던 행동이 자신을 위해서였다니. 시진은 우유를 단숨에 마셨다.

"여름에 갔더니 그 나무도 결국 베였더라."

"그래요?"

"자리가 휑하더라."

"저도 이제 다 컸는데요. 그리고 친구들은 여기 있고요."

"마을 회관이랑 바꿨다더라."

"회관도 필요하죠."라고 시진은 말했다. 마을 사람들은 회관에 자주 모였는데 시진이 떠나올 때 이미 낡아 있었다. 잘된 일이라는 생각이 들었다. 여럿이 모여 더위와 추위를 피해 안전하고 편안하게 머물 수 있다면 나무보다 나을 수 있었다.

"시진아."

"네."

176

"테니스가 돈을 제일 잘 버는 스포츠라더라. 그래서 네가 운동한다고 했을 때 말리지 않았다."

"아버지가 그런 말도 하세요."

"돈 그 자체는 아무 문제가 없다."

"……."

"나는 고집스러운 사람이다. 그런데 고무줄처럼 느슨해지는 순간도 필요하더라. 그래야 마음이 넓어질 수 있단다."

"……."

"네 목소리를 가져라. 그러려면 우선 사람들이 너에게 관심을 가져야 한다. 너에게 관심이 생기면 네가 품은 생각을 궁금해할 거야. 그러면 네가 사회를 위해 하는 행동에 그들은 동참할 거다. 성공해서 보여 줘라."

"……."

"한 번은 도움을 받고 일어나라. 너는 아직 어려서 혼자만의 힘으로는 힘든 시기다. 도움을 받고 반드시 갚으면 된다. 갚기 위해 더 큰 경기장으로 가거라."

"……."

"왜 대답이 없냐?"

"생각해 볼게요."

시진은 시간이 필요했다. 아버지는 자신을 닮아 고집스러운 자식이 걱정되는 눈치였다.

"가끔은 말이다. 내가 편협한 인간처럼 느껴질 때도 있단
다."

"그런 생각 마세요. 아버지가 하시는 일 저는 항상 옳다고
믿으니까요."

아버지가 숨을 길게 내쉬었다. 숨소리가 메아리처럼 강당
어딘가에 부딪혔다 다시 돌아왔다. 아버지는 시진을 엄숙하지
만 다정한 목소리로 불렀다.

"너를 도와주겠다는 사람을 믿어라. 두려워 말고."

시진은 아버지 말에 조금 전 놀이터가 생각났다. 오후의
마음을 자세히 들여다보려고 노력하지 않고 무작정 화만 냈는
데…….

"가야겠구나."

아버지가 자리에서 일어섰다. 시진은 아버지를 따라 느리
게 걸었다. 둘은 아무 말 없이 학교 앞 버스 정류장으로 향했
다. 11월의 바람이 찼다.

교실에 있는 동안 오후는 자꾸만 시선이 창밖으로 향했다.
운동장을 돌고 있는 친구들 모습이 보였다. 그들은 구령에 맞
춰 앞으로 뛰기와 옆으로 뛰기 동작을 발 맞춰 연습했다. 멀찍

이서 시진을 바라보았다. 놀이터에서 헤어진 이후, 시진에게 보낼 문자를 작성하다 지우기를 반복했다. 매일 고민했지만 어떤 말도 시진의 마음을 누그러뜨릴 수 없을 것 같았다. 시진을 생각할 때마다 스스로가 원망스러웠다. 오 여사의 방식을 자신도 모르게 따라 했다는 것이 한심해서 이제는 시진과 눈도 마주칠 수 없었다.

코치가 허락한 시간이 끝나 가고 있었다. 테니스를 쳐도 치지 않아도 두렵기는 마찬가지였다. 오후가 기억하는 한 테니스를 치지 않는 시간을 느껴 본 적 없었다. 계절의 변화 속에서 덥든 춥든 늘 라켓을 몸에 지니고 다녔다. 처음으로 라켓과 떨어져 지낸 시간이었는데 아무것도 달라진 게 없었다.

오후는 종례가 끝나자 혼자 교실을 빠져나왔다. 반 아이들은 SNS에서 곤욕을 치르고 있는 자신을 두고 모르는 척해야 하는지 위로해 줘야 하는지 고민하는 얼굴이었다. 오후는 최대한 나1을 숨기고 나2의 얼굴로 지냈다. 밝게 웃으면서 가슴 한편으로는 오 여사 걱정에 자주 빠져들었다.

집에 도착해서 문을 열었는데 오늘도 고요했다. 오 여사는 일주일째 침대에 누워 있었다. 거의 먹지도 않았다. 이런 모습은 처음이었다. 무슨 일이 생기면 누구보다 악착같이 달려들어 싸우고 맞서는 사람이었다. 카페에 올라온 댓글 때문에 기가 죽을 사람이 아니었다. 이토록 한순간 무너져 버린 이유가 뭘까? 오후가 방문을 열자, 오 여사가 놀란 사람처럼 침대에서 벌떡 일어나 앉았다.

"괜찮아?"

"꿈을 좀 꿨어."

"무슨 꿈?"

"꿈속에서는 막 웃었는데 깨어나 보니까 이상하게 슬프네. 개꿈인가?"

"무서운 꿈만 아니면 되지 뭐."

"너 아직도 무서운 꿈 꿔?"

"오 여사는 안 꿔?"

"생각해 보니까 그러네. 무서운 꿈 꾼 지 오래됐다. 아마 너도 어른 되면 무서운 꿈은 안 꾸게 될 거다."

"그거 좋네. 근데 무서운 꿈은 왜 애들만 꾸지?"

"어른 되면 꿈보다 무서운 현실이 더 많으니까."

"그렇게 말하면 나 겁나잖아."

"그런가."

오 여사가 웃었다. 농담 같은 대화는 오랜만이었다. 생각보다 심각한 상황은 아닌 것 같았다. 아니다, 어쩌면 진짜 심각해서 웃는 것일지도 몰랐다.

"이야기 좀 해. 어떻게 된 건지 나한테 설명해 줘."

오후는 진지하게 물었다. 둘밖에 없다면 둘이서 해결해 나가야 했다.

오 여사는 천천히 상황을 알려 주었다. 새로 계약한 가구 업체에 문제가 생겼다. 이번 시즌과 다음 시즌 식탁값을 미리 받아 챙긴 업체가 현재 문을 닫고 연락이 두절되었다. 뒤늦게 사기를 당했다는 사실을 알았는데 문제는 공구 사이트 구매자들에게 받은 돈을 오 여사가 모두 보상해야 한다는 것이다. 하지만 오 여사에게는 돈이 없었다. 사업을 확장하기 위해 가진 돈을 전부 다음 계약을 위해 써 버렸기 때문이다. 은행에서 대출받아 고객에게 돌려주고 있는데 사이트 구매자들은 오래전에 쓰던 물건까지 계속 반품 중이다. 여기에 여울맘 회원은 식탁 배송이 늦어진 바람에 집들이를 망쳤다는 이유로 적잖은 금액의 피해 보상까지 요구하고 나섰다. 오 여사가 거듭 사과했지만, 여울맘은 피해자 코스프레를 한다며 오 여사를 사기꾼으로 매도했다.

"여울맘이 계속 욕이 섞인 악플을 달고 있어서 오전에 명예 훼손으로 경찰에 신고했어. 오후의 집은 잠시 폐쇄했고, 이제 가장 큰 문제는 대출받은 빚이야."

이런 게 오 여사가 말하는 무서운 꿈보다 더 무서운 현실일까? 오 여사는 운이 없어서 사기를 당했다고 했다. 하지만 오후의 유학 자금을 마련하고자 애초에 무리하게 진행했다는 것을 잘 알고 있었다.

"내가 너무 욕심을 냈나 봐."

오 여사의 목소리가 기운 없이 들렸다. 오후가 애써 밝은 목소리로 말했다.

"배고파. 라면 끓여 먹자."

오 여사는 입맛이 없다며 도로 자리에 누웠다. 오후가 경기가 안 풀려서 안 먹겠다고 짜증을 부릴 때마다 오 여사는 고함을 질러서라도 결국 오후를 식탁에 데려다 앉혔다. 이번에는 오후 차례였다.

"그럼 굶어 죽을 거야?"

오후는 주방으로 나와 라면을 끓였다. 달걀도 두 개 풀어서 넣었다. 오 여사는 마지못한 듯한 표정으로 식탁에 앉았다.

"네가 테니스를 잘하다 못하니까 더 화가 났어."

"나도 견디기 힘들었어."

"앞으로는 어쩌려고?"

"있는 그대로를 받아들여야지."

"몰라. 우린 완전히 망했어. 집도 팔아야 해. 너 지금 웃니?"

"유학은 안 가도 되잖아."

오 여사가 흘겨보았다. 오후는 다정하게 웃는 나2의 표정을 지어 보였다. 웃다가 문득 오 여사의 나1과 나2가 궁금해졌다. 지금 눈앞에 있는 약한 모습과 테니스장에서 독하게 오후를 몰아붙이던 모습 중 어느 쪽이 진짜인지 헷갈렸다. 오후는 오 여사를 가만히 바라보았다. 혼자서 자식을 먹여 살리기 위해 절박한 상황에서 촬영을 시작했을 것이다. 오후는 아주 어렸을 때부터 그것을 본능적으로 알았던 것 같다. 카메라가 다가오면 엄마를 향해 활짝 웃으며 하트를 날렸던 기억이 생생했다. 온갖 애교를 부리며 카메라를 쳐다보았던 건 오직 저편에서 웃는 엄마 마음에 들고 싶어서였다.

라면을 먹고 오후는 방으로 향했다. 알전구처럼 생긴 둥근 문손잡이를 조심스레 잡아당겼다. 방은 화이트와 핑크의 조화로 이루어져 있었다. 침대 위에는 프릴 잡힌 커튼이 달린 가짜 창문까지 만들어 놓았다. 공간 연출을 위해 책은 딱 필요한 만큼만 배치해 두었다. 바닥에는 핑크빛이 감도는 동그란 카펫이 깔려 있었다. 오후는 방송을 위한 방이라고 오 여사에게 불만을 터뜨린 적도 있다. 하지만 오 여사는 아름답고 가지런한 세계에 살면 삶도 그렇게 된다고 말했다.

이제 이곳을 떠나야 하는 건가? 오후는 방 안을 천천히 둘

러보았다. 곳곳에 눈길이 가닿았다. 예전에는 화려하게 꾸며
놓은 솜씨가 부담스럽고 싫었는데 지금은 세심한 손길처럼 다
가왔다. 자세히 들여다볼수록 정성이 느껴지는 이 모든 일을
항상 오 여사 혼자 별거 아닌 일처럼 해치웠구나. 오후는 방 한
가운데 깔린 부드러운 카펫에 앉았다. 두 무릎을 모은 채 자신
을 껴안았다. 그러자 오 여사도 힘겹게 이해하기보다 가만히
끌어안고 싶어졌다.

우리 모두의 오후

딩동, 느닷없이 현관 벨이 울렸다. 아직 이삿짐센터 직원들이 도착할 시간이 아니었다. 인터폰 화면에 익숙한 얼굴들이 보였다. 오후는 문 가까이 다가가 작은 구멍으로 밖을 살펴보았다. 다섯이 서 있는데, 거기 시진도 함께였다.

"도와주러 왔어."

그들은 성큼 집 안으로 들어섰다.

"안녕하세요, 어머님. 저희 왔어요."

석기가 우렁찬 목소리로 인사했다. 오 여사가 주방 서랍장을 정리하다 그들을 맞이했다. 오후는 친구들의 방문이 당황스럽고 고마웠다.

"이거 다 팬들이 보내 준 거야?"

"인기란 이런 거였어."

가혜랑 다미는 인형을 품에 안았다.

"내가 그걸 다 받을 자격이 있을까."

"알면 열심히 테니스를 쳐야지."

가혜가 일침을 놓았다. 오후는 인형을 들었다 놓으며 말했다.

"근데 집이 작아서 이거 다 못 가져가는데 어떻게 할까?"

"압축 팩에 넣는 건 어때?"

"인기를 압축해서 잠시 보관하는 거지. 언젠가 다시 펼쳐질 너의 인기를 기대하며."

가혜가 양손을 오므렸다 펴는 동작을 했다.

거실로 나오자 이삿짐센터 아저씨들이 도착해 있었다. 그들을 도와 미르가 짐을 옮겼다. 한눈에 봐도 해 본 적 없는 어설픈 동작이었다. 오후와 눈이 마주치자 씩 웃었다. 시진과 석기는 식탁을 나르기 위해 동시에 번쩍 들어 올렸다. 둘은 제법 힘이 세서 식탁을 어렵지 않게 옮길 수 있었다.

"위험해! 저쪽으로 가 있어."

시진이 오후를 향해 말했다. 꼭 오후를 지켜 주는 것 같은 말투였다.

새로운 집은 살고 있던 아파트 단지에서 조금 떨어진 곳에

186

있었다. 아파트 후문을 지나 오르막길을 오르자 다세대 주택
이 모여 있는 동네가 나왔다. 골목길이 거미줄처럼 복잡했다.
헷갈리지 않도록 잘 외워 두어야 했다. 예전 살던 동네로 다시
돌아온 느낌이었다. 오후는 친구들과 함께 걸었다.

막다른 곳에 이르자 깨끗하게 페인트칠된 녹색 철문이 나
왔다. 문을 열자 마당이 있는 이층집이 보였다. 갈색 벽돌집으
로 지어진 집이었다. 오래된 집이지만 제법 분위기가 있었다.
화단에 심어진 커다란 나무 뒤로는 동네가 한눈에 보이는 전망
이 펼쳐졌다. 저 멀리 도로와 강이 보였다. 고개를 들면 파란 하
늘과 구름이 보였다. 계단은 건물 외관에 설치되어 있었다. 아
래층에는 주인 노부부가 살고 오후 모녀는 2층에 세를 얻었다.

"와, 와이파이 잘 터진다."

석기가 외쳤다.

"넌 지금 그게 중요하니?"

가혜가 타박했다.

"그럼 뭐가 중요해?"

석기가 되받아쳤다. 가혜는 자신도 모르겠다는 듯 어깨를
으쓱였다.

"봄이 되면 다시 와야겠어. 저기 완전 꽃밭이야."

다미가 화단을 가리키며 말했다.

"전망이 좋은데요. 역시 안목이 뛰어나세요."

미르가 오 여사에게 엄지를 치켜세웠다.

오후는 제 방문을 열었다가 잠시 겁에 질렸다. 가혜가 휴, 하는 한숨 소리를 내더니 노란 바구니에서 특수 세제와 부드러운 천을 꺼내 왔다. 방 벽에 묻어 있는 얼룩을 따라 천천히 닦아 냈다. 오후도 서서히 이성을 되찾고 걸레질을 시작했다. 다미는 벌써 열중해서 곰팡이 흔적을 없애고 있었다.

"이거 여기에 놓을까?"

시진은 손에 작은 다육식물 화분을 들고 있었다. 채 정리되지 않은 오후의 방에 잠시 시진과 오후 둘만 남았다.

"잘 키웠네. 창가에 두면 좋을 것 같은데."

조심스레 다육이를 내려놓는 시진의 얼굴은 화난 사람처럼 보이지 않았다. 오후는 지금이 아니면 기회가 없을 것 같았다. 용기를 내어 입을 뗐다.

"와 줘서 고마워."

시진은 대답 없이 고개만 끄덕였다. 나가려는 시진을 오후가 저기, 하며 붙잡았다.

"내가 너무 생각이 짧았어."

"그날 나도 예민했지."

"아니야, 네 입장 충분히 이해해."

"그분이 다시 테니스장에 찾아오셨어."

오후의 눈동자가 커다래졌다. 시진은 아버지와 나눈 이야기는 혼자만 간직하고 싶었다. 다만 자신이 마음을 바꾸게 된 설명은 해야 할 것 같았다.

"가난 때문에 자신의 꿈을 이루지 못했대. 그래서 나를 진심으로 돕고 싶다며 경기에 꼭 나가라고 응원해 주셨어."

"고마운 분이다."

"그러게. 세상에 좋은 부자도 많은데 나는 그걸 몰랐던 것 같아."

"도움받는 게 쉽진 않지. 나도 싫었던 적 많아."

"너도 그동안 힘들었겠다 싶더라. 나도 이렇게 부담되는데."

"그런 거 다 잊어. 그냥 널 위한 경기만 해."

"처음에는 겁이 좀 났는데 지금은 잘하고 싶어. 나중에 꼭 갚아야지."

시진은 도움을 받고 반드시 도움을 주는 사람이 되고 싶다고 덧붙였다.

"그분 식당을 운영하는데 너 꼭 데리고 오래. 어려서부터 네가 커 오는 과정을 쭉 지켜보셨대. 그래서 진짜 손녀 같대. 나중에 너 잘될 거라고 장담하시던데."

오후가 자신 없다는 듯 고개를 내젓자 시진이 답답하다는 투로 말했다.

"너를 믿어 주는 사람들을 좀 믿어 봐."

"나는 모르겠고 넌 진짜 잘할 거야."

"고맙다."

"나도 고마워, 오늘 도와줘서."

어제까지 심각하기만 했던 감정이 비눗방울처럼 톡톡 터지며 미세한 떨림을 만들었다. 기분 좋은 다정함이 오후를 웃게 했다. 눈이 마주치자 시진도 방긋 웃었다.

"너 그렇게 웃는 거 처음 봐."

오후의 말에 시진은 쑥스러운 듯 뒷머리를 긁적였다.

미르가 짐을 들고 방으로 들어가려다 멈춰 섰다. 뒤따라 가혜도 멈춰 섰다. 가혜가 미르를 잡아끌고 밖으로 나왔다. 둘은 한눈에 내려다보이는 동네를 잠시 바라보았다.

"너 뭐, 짝사랑이 체질이니?"

가혜는 쏘아붙이듯 말했지만 실은 미르를 향한 걱정이 먼저였다.

"언제든 나 혼자 시작하고 끝낼 수 있잖아."

"역시 굉장히 있어 보여."

미르는 시선을 최대한 멀리 두었다. 시진을 향한 질투가 시작되었을 때 미르는 배가 들끓듯이 아프고 가슴이 답답하고 머리가 윙윙거렸다. 마치 몸속에서 편협하고 괴팍한 씨앗이 미르를 뚫고 나올 것 같았다. 그 씨앗은 한동안 미르를 세상에서 가장 못나 보이게 했다. 하지만 오후가 먼저 마음에 들어오고 나중에는 시진이 들어와 각자 소중하게 자리를 잡았다. 둘 다 다른 형태로 미르의 마음에 있었다.

"가혜야, 나는 오후를 좋아하는 내 마음이 좋은 것 같기도 해."

미르가 웃자 가혜도 웃었다. 잠시 후 석기가 가혜 뒤에 나타나 눈을 가리며 장난을 걸었다. "깜짝이야." 가혜는 석기의 등짝을 후려쳤다. 둘의 몸싸움을 지켜보다 미르는 오후에게 다가갔다.

"이거 특별한 거야?"

미르가 오후를 향해 물었다. 오후는 미르의 손에 있는 돌멩이를 보았다.

"너 가질래?"

"쥐도 돼?"

"응, 발로 차도 돼."

"선물 받은 건데 그건 좀 아니지."

"그래 봐야 돌멩이야. 내가 하도 만져서 반들반들 윤기가 나기는 해. 내 방에 오래 있었거든."

"좋은데."

"하찮은 돌멩이야."

"난 마음에 들어."

"넌 뭐든 마음에 들어 하잖아."

"아니야. 요즘 코트는 마음에 안 들어."

"왜?"

"나의 최애가 없으니까. 너랑 있으면 테니스장 하늘도 예쁜데."

"하늘은 본래 예뻐."

"너 진짜 계속 이럴 거야. 연습도 안 하고 말이야."

"난 테니스에 초심을 잃었어. 애초에 초심이 뭐였는지도 모르겠고. 마음이 없는 테니스는 이제는 안 할 거야."

오후는 말했다. 그러고는 시무룩해진 미르의 어깨에 친근하게 손을 올렸다.

"미르야, 이제 내가 너의 최애 팬이야. 알지?"

오후의 기대와 달리 미르 얼굴은 갑자기 어두워졌다.

"너 최애란 말 그렇게 함부로 쓰지 마."

"무슨 소리야?"

"너는 나에 대해 얼마나 알아?"

"아느냐고?"

오후는 멈칫했다.

"아니, 질문을 바꿀게. 너는 나를 관찰한 적이 있니?"

더 어려운 질문이었다. 가만 생각해 보니 오후는 미르를 알기 위해 노력하지 않았다. 자신의 괴로움에만 빠져 미르가 챙겨 주는 마음을 당연하게 받아들였다. 오후는 말없이 서서 달걀 크기만 한 돌멩이를 계속 만지작거리는 미르를 보았다. 오래전 바닷가로 훈련 갔을 때 주워 온 돌이었다. 연일 힘든 훈련이 강행되었다. 무엇이든 함께 있다고 느끼고 싶어서 주먹 안에 작은 돌멩이를 쥐고서 해변을 달렸다. 그 돌멩이는 분명 위로가 되었다. 그렇게 함께 있어 주는 것. 어쩌면 미르가 원하는 게 그런 마음일까? 오후는 조심스레 물었다.

"최애란 어떻게 되는 거야?"

"남들이 보지 못하는 것을 봐야지. 예를 들어 나의 최애는 테니스 칠 때 어떤 습관이 있는지를 스스로 알아내야지."

"알겠어. 이제부터 나도 강미르를 알아낼게."

"너 진짜 약속하는 거야?"

"응."

"그러면 이제부터 테니스장에서 나를 관찰해."

"결국 또 나오라는 말이잖아."

오후와 미르는 함께 웃었다.

짐 정리가 끝나자 다들 야간 훈련 때문에 서둘러 떠났다.
갑자기 찾아온 적막에 오 여사와 오후는 따뜻한 차를 한 잔씩
마시기로 했다. 둘은 찻잔을 들고 화단 앞에 놓인 작은 평상에
앉았다. 해가 뉘엿뉘엿 지고 있었다. 매일 반복되는 일상적인
해의 움직임이지만 그동안 둘이서 본 적은 없었다. 오후는 앞
으로 살아가야 할 집을 바라보았다. 아직은 낯설고 불편한 게
많았지만 적응해야 했다. 그리고 다시 둘이서 해내야 하는 일
이었다.

"오 여사의 최대 장점이 뭔 줄 알아?"

"뭐야?"

"무언가를 기가 막히게 예쁘게 잘 만든다는 거야. 날 봐.
오 여사가 나를 만들었잖아. 이 집도 곧 그렇게 만들 수 있을
거야."

"그럼 단점은 뭔데?"

"내 기분을 잡치는 데 선수지."

"뭐라! 그렇다면 그냥 넘어갈 수 없지. 오후 네 장점은 뭔
줄 알아?"

"뭔데?"

"모른다는 거야."

"뭘?"

"너를 모르고 세상을 모른다는 거지."

"그게 왜 장점이야, 단점이지?"

"모르는 건 장점이야."

"그럼 단점은 뭐야?"

"아직도 모른다는 거지."

"뭐야. 말장난이야."

오후는 끝까지 모르는 척했다. 하지만 자신이 빛날 수 있었던 건 순전히 오 여사의 응원과 사랑으로 가능했다는 사실만은 알고 있었다.

"오 여사는 당분간 사람들 댓글에 신경 끊어. 더는 상처도 받지 말고."

"댓글?"

오 여사는 잠시 생각에 잠겼다가 말했다.

"근데 오후야, 그 댓글이 우리에게 행복을 가져다주던 시절도 많았어."

오 여사가 엷게 웃었다.

생각해 보니 맞는 말이었다. 오후는 선플에서 위로와 격려를 받았다. 말에는 어떤 힘이 있어서 오후의 마음속에 전류를

흐르게 했다. 피를 돌게 하고 라켓을 들게 하고 더 빨리 뛰게
했다. 귓가로 흘러들어와 단단히 뿌리를 내리게 했던 그 말들
을 쉽게 잊어서는 안 되었다. 생각해 보니 선플과 악플 모두 오
후를 변화시켰다.

너와 나의 랠리

　오후는 느릿한 걸음으로 테니스장으로 향했다. 롱 패딩 점퍼 안에는 테니스복이 아닌 학교 체육복을 입었다. 문을 열자 다른 선수들은 이미 연습에 몰두하고 있었다. 오후 혼자 어슬렁거리듯 걸어서 플라스틱 의자에 가 앉았다. 시진과 미르는 경기 중이었다.

　내가 하지 않으면 세상에서 제일 재미있는 게 테니스 게임 아닐까? 상대가 바로 앞이 아닌 네트 너머에 있는 상황. 전략이 무엇이건 상대를 이겨야만 한다는 점. 상대보다 공과 나의 싸움이 먼저라는 것.

　시진의 서브 속도가 전보다 더 빨라졌다. 실수 없이 서브를 성공시켜 점수를 따냈다. 시진은 가까스로 국제 대회 신청을 마치고 자신의 실력을 끌어올리고 있다. 한편 감정 조절에 능숙한 미르는 상대를 무너뜨리는 것은 공격만이 아니라는 듯 차분하게 공을 받아 냈다. 미르는 기회를 엿보다 네트 끝까지 달려가 한 방의 스매싱으로 동점을 만들어 냈다. 둘의 기세가 윔블던 경기장의 선수들 같았다.

옆 코트에서는 다미와 가혜가 경기 중이었다. 초반에 자신 감 있게 밀어붙이던 다미가 조금씩 밀리고 있다. 가혜가 오른 쪽으로 치고 앞으로 나아갔다. 다미가 날렵하게 몸을 날려 반격했다. 다미는 힘이 있어 서브가 좋다. 빠른 공이 강점이다. 반면 공과의 거리 조절이 약점이다. 밸런스를 잘 갖추고 있는 가혜는 공을 치는 리듬감이 억지스럽지 않다. 움직임의 전환 방향도 빠르다. 그러나 서브에서 실점을 많이 낸다. 모두에게 강점과 약점이 있다.

그 옆 코트에서는 석기가 뛰고 있었다. 석기는 단식 선수 에서 복식 선수로 나섰다. 한 학년 선배와 팀을 이루어 복식 대회에 출전 중인데 올해 강력한 우승 후보다. 다들 둘을 두고 완벽한 팀이라고 부른다. 언젠가 석기가 스포츠는 혼자 하는 것 같지만 팀이 필요하다고 말했다. 절대 혼자서는 뛸 수 없다고. 지금 보니 맞는 말 같았다. 스포츠를 통해 어디까지 자신을 보여 줄 수 있을까? 온전히 자신을 보여 주고 싶다는 열망과 두려움을 뚫고 다들 열심히 연습 중이다.

　구름이 낮게 깔려 있었다. 곧 눈이 올 것 같은 날씨였다. 눈이 오든 날씨가 춥든 친구들은 상관없이 땀을 흘렸다. 오후는 조용히 친구들을 구경하다 날아가는 공을 보았다. 공은 일정한 방향과 속도로 허공을 끊임없이 오갔다. 오후는 그 공을 가만히 집중해서 바라보았다. 그리고 곧 이상한 경험을 하게 되었다. 하얀 눈송이가 막 쏟아지기 시작할 때였다. 눈발 속에서 푸른 공이 이토록 선명하게 보인 적이 없었다. 신기한 날이다. 공이 아름답다는 생각마저 들었다. 바로 눈앞에서 솔기가 바람을 타고 휘날리는 것처럼 보였다. 한 올 한 올 살아 움직이는 것 같았다. 이어 솔기의 방향과 함께 회전하는 공의 패턴이 오후의 정신을 집중시켰다. 볼 수 없는 것을 보게 된 초능력을 얻은 기분이었다. 오후는 가슴을 펴고 바짝 긴장한 채 앉아 눈을 떼지 않았다. 굉장한 일이었다.

　오후는 다섯 살 때 처음으로 잡아 본 공을 잊을 수 없다. 공은 바닥에 닿았다가 힘차게 튕겨 올랐다. 바닥을 치고 튕겨 오르는 공의 탄성. 바운스, 바로 그거였다. 오후는 다시 튕겨 오르고 싶었다. 솔기에 의해 만들어지는 패턴을 따라 공을 주시하고 있자 놀랍도록 온전한 자신을 느낄 수 있었다. 그러니까 나1과 나2가 존재한다는 것. 어쩌면 그게 오후 자신이 아닐

까? 분리된 나를 혼란스럽게 받아들이지 않고 함께 끌고 나아
가는 것. '나'들이 바로 나였다. 열세 살, 주니어부에서 우승했
을 때의 나는 자신감에 가득 차 있었고, 열일곱의 나는 두려움
에 움츠려 있었다. 어제의 나도 오늘의 나도 나이듯 이제는 새
로운 나3이 필요하겠지. 오후는 가슴이 뜨거워졌다. 나는 단수
가 아니라 복수로 존재하는 거야. 당장 일어나 테니스장으로
달려 나가고 싶었다.

"랠리 하자."

시진이 오후를 향해 공을 던졌다. 오후는 순간적으로 손을
뻗어 공을 잡았다. 작고 푸른 공에서 단단한 탄성이 느껴졌다.

"좋아."

자리에서 벌떡 일어섰다.

가방에서 조심히 라켓을 꺼냈다. 오른손으로 라켓의 그립
을 감싸 쥐었다. 왼손으로는 라켓의 넥 부분을 받쳐 들었다. 새
롭게 만나서 다정하게 악수하는 기분이었다. 다시는 놓고 싶
지 않았다. 이번에는 작고 푸른 공을 손 안에 꽉 쥐었다. 한 번,
두 번, 세 번. 공이 바닥을 치고 튕겨 올랐다. 높이 솟아오른 공
을 탕!

공은 네트를 넘었다 돌아오기를 끊임없이 반복했다. 오후
는 거침없이 무서운 기세로 시진의 공을 받아넘겼다. 시진 역

시 질세라 강하게 되받아 쳤다. 랠리는 필사적으로 이어졌다. 누구도 쉽게 포기하거나 물러서지 않았다. 오후는 있는 힘껏 라켓을 휘두르며 시진의 공을 당당하게 받아 냈다.

"오후 잘한다!"

석기가 외쳤다.

"잘하고 있어."

가혜가 자신감을 불어넣어 주었다. 다미도 다가와 응원했다.

"더 뛰어라! 즐거운 오후."

저편에서 미르가 소리쳤다.

시진은 공을 세게 치기도 하고 살살 넘겨 주기도 했다. 오후는 눈앞의 공을 보며 몸을 앞뒤로 빠르게 움직였다. 랠리가 좋아서 자꾸만 기쁨이 차올랐다.

올해의 마지막 지역 대회가 열리는 날이다. 오후는 오 여사 없이 혼자 출전했다. 관중석은 꽉 차 있었다. 가까이서 오후를 부르는 소리가 들렸다. 오후는 몸풀기 동작을 멈추고 위를 올려다보았다. 친구들이 내려다보고 있었다. 점점 더 많은 소리가 들려왔다. 응원을 보내는 소리였다. 경기가 시작되자 소란스러운 소리가 뚝 멈추고 침묵이 찾아왔다. 상대 선수가 코트 라인에 섰다.

훈련 시간도 부족했고 전략도 없지만 그 어느 때보다 오후는 편안했다. 테니스를 하다 보면 되는 날이 있고 안되는 날이 있다. 이제는 꾸준히 나아가는 게 최선이라 믿었다. 오후는 현재에 집중했다. 경기장에 있는 자신을 느꼈다.

오후가 먼저 서브를 넣었다. 작은 공을 노려보며 있는 힘을 다해 라켓을 휘둘렀다. 그러고는 몸을 빠르게 움직였다. 아무 생각도 나지 않았다. 오직 날아오는 공의 솔기만을 집중적으로 노려보았다. 갑자기 강하게 몰아붙였고 가속을 더한 힘이 느껴졌다. 상대의 얼굴이 점점 일그러졌다. 반면 오후의 얼굴에서는 기뻐하지도 흥분하지도 않는 흔들림 없는 기운만이 서려 있었다. 실수해도 위축되지 않았다. 질까 봐 두려워하지도 않았다. 우승도 잊었다.

강해지고 싶어. 더는 사람들의 반응을 살피며 눈치 보는 삶을 살고 싶지 않아. 열심히 하면 그게 진심이 되고 진심을 품으면 테니스도 달라질 수 있어. 강해진다는 건 자유로워지는 거야.

바람과 공의 궤적 그리고 몸의 감각이 되살아나고 있었다. 오후는 공을 탕, 탕, 쳐 냈다. 네트를 넘어 저편으로 멀리 날아가는 공과 함께 무한해지는 자신을 느꼈다. 흥분된 감정은 좀체 가라앉지 않았다. 숨 돌릴 틈 없이 랠리가 진행되는 동안에도 오후의 기세는 꺾이지 않았다. 관중석에서 환호와 박수갈채가 쏟아졌다. 오후는 자신을 응원해 주던 목소리들을 떠올렸다. 혼자가 아니었다.

내가 항상 머물고 싶은 곳은 오직 테니스장뿐이다. 여기 말고 다른 곳은 상상해 본 적이 없다. 오 여사가 아닌 다른 엄마를 상상해 본 적이 없는 것처럼. 오후의 심장 박동이 빨라지고 있다. 러브 피프틴. 심판의 소리가 들려온다. 오후의 점수는 러브. 그러나 경기는 이제 시작이다.

테니스 잡지에 '초보 탈출기'라는 글을 연재한 적이 있다. 오래전 일이라서 잡지사가 어쩌다 문을 닫았는지 잘 기억나지 않는다. 그즈음 나도 테니스를 그만두었다. 만약 내가 테니스를 계속 배웠고, 잡지사는 여전했다면 어땠을까? 나는 소설을 썼을까? 우리는 하고 싶은 걸 하지 못하면 더 많은 걸 상상하게 되는 것 같다.

여섯 인물이 나온다. 웃음이 습관이 되어 버린 유튜브 스타 오후, 오직 우승만을 꿈꾸다 표정을 잃어버린 시진, 단 한 사람의 응원이 듣고 싶은 미르, 테니스공을 주워 주는 남자와 연애하고 싶은 가혜, 늘 나와의 싸움에서 승리자이거나 패배자가 되는 다미, 테니스 선수가 아닌 다른 것을 꿈꾸는 석기. 모두 나를 닮았지만 나는 아닌 '나'들이 세상 밖으로 나가 마음 껏 활개를 치고 다녔으면 좋겠다.

내게 글쓰기란 혼자 하는 랠리와 같았다. 도전할 것인가, 도망갈 것인가. 해내고 싶은 것을 분명히 알면서도 어떤 날은 두려움에 졌다. 글을 쓰기 위해서는 단순함을 쟁취하는 게 중요했다. 나는 최소한의 사람들만 만나고 연락했다. 일찍 일어나 바로 책상에 앉아 글을 썼다. 글 쓴 시간과 책 읽은 시간을 나누어 다이어리에 적었다. 허리가 아프면 홀연히 일어나 뒷산에 갔다. 일주일에 3일은 강의를 하러 다녔다. 예술고 친구들과 함께 있으면 나는 슬그머니 열여덟 살이 되었다. 성인반 글쓰기 수업에서는 건강과 세금을 이야기하며 현실 감각을 붙잡았다.

우리 엄마는 인싸 할머니다. 혼자 살면서 칠십에도 가게를 운영하고 주변에 친구가 많다. 나도 눈이 나빠지면 책보다 친구가 많았으면 좋겠다. 겨울이 오기 전 김치를 보내 주는 경희, 모닝 라이팅을 하는 영옥, 미경 언니. 다정한 안부를 나누는 소중한 지인들이 떠오른다. 신수정, 편혜영 선생님께 계속 책을 드릴 수 있어 행복하다. 아낌없이 지식과 혜안을 나누어 준 김 정은 편집자에게 진심으로 감사하다. 마지막으로 재형, 재경, 남편에 도움을 받아 글을 쓸 수 있었다. 하루도 거르지 않고 글을 쓸 수 있다면, 그래서 내가 만든 인물들과 매일 조금씩 친해진다면, 나도 인싸다.

2024년 여름
전앤

러브 피프틴

초판 1쇄 발행 2024년 6월 25일

지은이 전앤
펴낸이 안병현 김상훈
본부장 이승은 총괄 박동옥 편집장 박윤희
책임편집 김정은 디자인 박지은
마케팅 신대섭 배태욱 김수연 김하은 제작 조화연
2차저작권 문의 안희주

펴낸곳 주식회사 교보문고
등록 제406-2008-000090호 (2008년 12월 5일)
주소 경기도 파주시 문발로 249
전화 대표전화 1544-1900 주문 02)3156-3665 팩스 0502)987-5725

ISBN 979-11-7061-147-9 (43810)
책값은 표지에 있습니다.